卞尺丹几乙し丹卞と
Translated Language Learning

Alices Abenteuer im Wunderland

Alenčina Dobrodružství v Říši Divů

Lewis Carroll

Deutsch / Čeština

Copyright © 2024 Tranzlaty
All rights reserved
Published by Tranzlaty
ISBN: 978-1-83566-770-5
Original text: Alice's Adventures in Wonderland
by Lewis Carroll (1865)
Abridged by Sam'l Gabriel Sons (1916)
www.tranzlaty.com

Runter in den Kaninchenbau
Dolů králičí norou

Alice fing an, sehr müde zu werden
Alenka začínala být velmi unavená
Sie saß neben ihrer Schwester auf der Grasbank
Seděla vedle své sestry na trávníku
aber sie hatte nichts zu tun
ale neměla co dělat
Ihre Schwester las ein Buch
její sestra si četla knihu
Ein- oder zweimal schaute Alice in das Buch
jednou nebo dvakrát Alice nakoukla do knihy
aber das Buch enthielt keine Bilder oder Gespräche
ale v knize nebyly žádné obrázky ani rozhovory
"Was nützt ein Buch ohne Bilder?", dachte Alice
"K čemu je kniha bez obrázků?" pomyslila si Alenka
"Warum sollte ein Buch keine Gespräche führen?"
"Proč by v knize neměly být žádné rozhovory?"
Aber sie hatte noch andere Dinge zu bedenken
ale musela zvážit i jiné věci

"Es wäre ein Vergnügen, eine Kette aus Gänseblümchen zu machen"

"Vyrobit řetízek ze sedmikrásek by bylo potěšením"

"Aber lohnt es sich, aufzustehen und die Gänseblümchen zu pflücken??"

"Ale stojí to za tu námahu vstát a natrhat sedmikrásky??"

Das war nicht so leicht zu denken

Nebylo tak snadné o tom přemýšlet

weil sie sich an diesem Tag schläfrig und dumm fühlte

protože ten den se cítila ospalá a hloupá

aber plötzlich wurden ihre Gedanken unterbrochen

ale náhle byly její myšlenky přerušeny

ein weißes Kaninchen mit rosa Augen lief dicht an ihr vorbei

těsně kolem ní běžel Bílý Králík s růžovýma očima

Es war nichts übermäßig Bemerkenswertes an dem Kaninchen

Na králíkovi nebylo nic přemalebného

und Alice fand das Kaninchen auch nicht bemerkenswert

a Alence se také nezdálo, že králík je pozoruhodný

auch überraschte es sie nicht, als das Kaninchen sprach
a nepřekvapilo ji, když Králík promluvil
»O je! Ich werde zu spät kommen!« sagte er zu sich selbst
"Ach bože! Přijdu pozdě!" řekl si
aber dann tat das Kaninchen etwas, was Kaninchen nicht tun
ale pak Králík udělal něco, co králíci nedělali
das Kaninchen zog eine Uhr aus der Westentasche
Králík vytáhl z kapsy u vesty hodinky
Er schaute auf die Uhr und eilte dann weiter
Podíval se na čas a pak pospíchal dál
Alice erhob sich erstaunt
Alenka se udiveně postavila na nohy
Sie hatte noch nie zuvor ein Kaninchen mit Weste gesehen!
Nikdy předtím neviděla králíka s vestou!
noch hatte sie je ein Kaninchen mit einer Uhr gesehen!
A nikdy neviděla králíka s hodinkami!
Alice brannte vor neuer Neugierde
Alenka hořela novou zvědavostí
und sie rannte über das Feld hinter dem Kaninchen her
a běžela přes pole za Králíkem
Sie kam gerade noch rechtzeitig, um das Kaninchen verschwinden zu sehen
Byla právě včas, aby viděla, jak králík mizí
Das Kaninchen hüpfte in einen großen Kaninchenbau hinab
Králík skočil do velké králičí nory
Im nächsten Augenblick stürzte Alice hinter dem Kaninchen her!
V dalším okamžiku šla Alenka dolů za králíkem!
Der Kaninchenbau ging geradeaus wie ein Tunnel
Králičí nora pokračovala přímo jako tunel
und der Tunnel ging noch eine Weile weiter
a tunel pokračoval v běhu ještě nějakou dobu
und dann senkte sich der Weg plötzlich hinunter
a pak se cesta náhle ponořila dolů
Alice hatte keinen Augenblick, daran zu denken, ob sie sich zurückhalten sollte

Alenka neměla ani chvilku, aby uvažovala, že by se zarazila
Sie fiel hin und hinunter und hinunter
zjistila, že padá dolů a dolů a dolů
Es schien, als sei sie in einen sehr tiefen Brunnen gefallen
zdálo se mi, jako by spadla do velmi hluboké studny
**Entweder war der Brunnen sehr tief, oder sie fiel sehr
langsam**
Buď byla studna velmi hluboká, nebo padala velmi pomalu
denn sie hatte viel Zeit zum Fallen
protože měla spoustu času spadnout
Als sie fiel, konnte sie sich umsehen
jak padala, mohla se rozhlížet kolem sebe
Zuerst versuchte sie herauszufinden, wohin sie ging
Nejprve se snažila zjistit, kam má namířeno
aber der Brunnen war zu dunkel, um etwas zu sehen
ale studna byla příliš tmavá, než aby bylo něco vidět
Dann blickte sie auf die Seiten des Brunnens
Pak se podívala na stěny studny
**Und sie bemerkte, dass überall um sie herum Schränke
standen**
a všimla si, že všude kolem ní jsou skříně
und rings um den Brunnen waren Bücherregale
a kolem dokola studny byly police s knihami
**Hier und da sah sie Karten und Bilder, die an Pflöcken
hingen**
Tu a tam viděla mapy a obrazy pověšené na kolíčcích
Im Vorbeigehen nahm sie ein Glas aus einem der Regale
Když procházela kolem, sundala z jedné z polic sklenici
Das Glas wurde für seinen Inhalt gekennzeichnet
Nádoba byla označena svým obsahem
"MARMELADE AUS ORANGEN"
"MARMELÁDA Z POMERANČŮ"
**Aber zu ihrer großen Enttäuschung war das
Marmeladenglas leer**
K jejímu velkému zklamání však byla nádoba s marmeládou
prázdná
Sie wollte das leere Marmeladenglas nicht fallen lassen

Nechtěla upustit prázdnou sklenici od marmelády
und ihr Fall war sehr langsam
a její pád byl velmi pomalý
So schaffte sie es, das Marmeladenglas in einen der
Schränke zu stellen
Podařilo se jí tedy dát sklenici marmelády do jedné ze skříněk
Nieder, hinunter, hinunter fiel sie!
Dolů, dolů, dolů padá!
Würde der Fall jemals ein Ende haben?
Skončí někdy pád?
Es gab nichts anderes zu tun
Nic jiného se nedalo dělat
so fing Alice bald an, mit sich selbst zu reden
Alenka tedy brzy začala mluvit sama k sobě
»Dinah wird mich heute abend sehr vermissen, sollte ich
meinen!«
"Mindě se po mně dnes večer bude moc stýskat, řekl bych!"
Dinah war Alices Katze
Minda byla Alicina kočka
»Ich hoffe, sie werden sich an ihre Untertasse mit Milch zur
Teezeit erinnern.«
"Doufám, že si vzpomenou na její talířek s mlékem při čaji."
»Dinah, meine Liebe, ich wünschte, du wärst hier unten bei
mir!«
"Mindo, má drahá, kéž bys tu byla se mnou!"
Alice fühlte, als würde sie einschlafen
Alenka cítila, že usíná
Und dann plötzlich, dumpf! Bums!
A pak najednou, bum! bouchnutí!
Sie fiel auf einen Haufen Stöcke
Padla na hromadu klacků
und sie landete auf einem Haufen trockener Blätter
a přistála na hromadě suchého listí
Und endlich war der lange Sturz in das Loch vorbei
a konečně byl dlouhý pád do díry u konce
Alice war kein bisschen verletzt
Alenka se ani trochu nedotkla

und sie sprang in einem Augenblick auf
a ona v okamžiku vyskočila
Sie blickte auf, aber es war alles dunkel über ihr
Vzhlédla, ale nad hlavou byla tma
Vor ihr lag ein weiterer langer Korridor
před ní byla další dlouhá chodba
und das weiße Kaninchen war noch in Sicht
a Bílý Králík byl ještěv v nedohlednu
Er eilte den Korridor hinunter
Spěchal chodbou
Es war kein Augenblick zu verlieren
Nesměla jsem ztratit ani okamžik
davonlief Alice wie der Wind
Alenka utekla jako vítr
um die Ecke drehte sich das Kaninchen
Za rohem se otočil králík
Sie kam gerade noch rechtzeitig, um das Kaninchen zu hören
Byla právě včas, aby slyšela králíka
"Oh, meine Ohren und Schnurrhaare"
"Ach, moje uši a vousy"
"Wie spät es wird!"
"Jak už je pozdě!"
Sie war dicht hinter dem Kaninchen
Byla těsně za králíkem
Sie bog um eine weitere Ecke
Zahnula za další roh
aber das Kaninchen war nicht mehr zu sehen
ale Králíka už nebylo vidět
Sie befand sich in einer langen, niedrigen Halle
Ocitla se v dlouhé, nízké hale
Der Saal wurde von einer Reihe von Deckenlampen erleuchtet
Sál byl osvětlen řadou stropních lamp
Überall im Saal gab es Türen
Po celém sále byly dveře
aber alle Türen waren verschlossen

ale všechny dveře byly zamčené
**Sie ging den ganzen Weg an der einen Seite des Flurs
hinunter**
Prošla celou cestu po jedné straně haly
**Und sie war den ganzen Weg auf der anderen Seite des Flurs
hinaufgegegangen**
a došla až na druhou stranu haly
Sie hatte jede Tür ausprobiert
Vyzkoušela všechny dveře
Und sie ging traurig in der Mitte des Saales entlang
a smutně kráčela středem sálu
"Wie komme ich da mal wieder raus?"
"Jak se ještě někdy dostanu ven?"

Plötzlich stieß sie auf einen kleinen Tisch
Náhle přišla k malému stolku
Der Tisch wurde komplett aus massivem Glas gefertigt
stůl byl vyroben výhradně z masivního skla

**Auf dem Tisch lag nichts als ein winziger goldener
Schlüssel**
Na stole nebylo nic než malý zlatý klíček
Der Schlüssel könnte zu einer der Türen gehören!
Klíč by mohl patřit k některým dveřím!
**Aber ach! Einige der Schlösser waren zu groß für die
Schlüssel**
ale běda! Některé zámky byly pro klíče příliš velké
und für die anderen Schlösser war der Schlüssel zu klein
a pro ostatní zámky byl klíč příliš malý
aber auf jeden Fall öffnete der Schlüssel keine der Türen
ale v každém případě klíč neotevřel žádné dveře
Aber was sollte sie tun?
ale co měla dělat?
Sie ging wieder durch den Saal
Znovu prošla halou
Und diesmal bemerkte sie einen niedrigen Vorhang
a tentokrát si všimla nízkého závěsu
Hinter dem Vorhang war eine kleine Tür
Za záclonou byla malá dvířka
Die Tür war etwa fünfzehn Zoll hoch
Dveře byly asi patnáct palců vysoké
Sie probierte den kleinen goldenen Schlüssel im Schloss aus
Zkusila malý zlatý klíč v zámku
Und zu ihrer großen Freude passte der Schlüssel ins Schloss!
a k její velké radosti klíč zapadl do zámku!
Alice öffnete die Tür
Alenka otevřela dveře
und sie fand, daß die Tür in einen kleinen Korridor führte
a našla dveře vedoucí do malé chodbičky
Der Korridor war nicht viel größer als ein Rattenloch
chodba nebyla o mnoho větší než krysí díra
Sie kniete nieder und blickte den Korridor entlang
Poklekla a rozhlédla se po chodbě
Und sie sah den schönsten Garten, den du je gesehen hast
a ona viděla tu nejkrásnější zahradu, jakou jsi kdy viděl
wie sehr sie sich danach sehnte, aus dieser dunklen Halle

herauszukommen
Jak toužila dostat se z té temné síně
wie sie sich wünschte, zwischen diesen leuchtenden Blumen
zu wandern
Jak se chtěla toulat mezi těmi zářivými květinami
Wie cool die Erfrischung dieser Brunnen aussah
jak skvěle vypadaly osvěžující ty fontány
aber sie konnte nicht einmal ihren Kopf durch die Tür
stecken
ale nemohla ani prostrčit hlavu dveřmi
»Oh,« sagte Alice traurig
"Aha," řekla Alenka smutně
»wie sehr wünschte ich, ich könnte mich zusammenfalten
wie ein Fernrohr!«
"Jak bych si přála, abych se mohla složit jako dalekohled!"
"Ich glaube, ich könnte mich zusammenfalten wie ein
Teleskop"
"Myslím, že bych se mohl složit jako dalekohled"
"Wenn ich nur wüsste, wie ich anfangen sollte"
"kdybych jen věděl, jak začít"
Alice ging zurück an den Tisch
Alenka se vrátila ke stolu
Es bestand die Möglichkeit, einen weiteren Schlüssel zu
finden
byla tu šance najít jiný klíč
Oder es gibt ein Buch mit Regeln
nebo by mohla existovat kniha pravidel
Das Buch könnte ihr sagen, wie man sich wie ein Teleskop
zusammenfaltet
Kniha by jí mohla říct, jak se má složit jako dalekohled
Diesmal fand sie ein Fläschchen
Tentokrát našla malou lahvičku
"Diese Flasche war gewiß vorher nicht hier," sagte Alice
"tahle láhev tu určitě ještě nebyla," řekla Alenka
Und um den Flaschenhals war ein Papieretikett gebunden
a kolem hrdla láhve byla uvázána papírová etiketa
Das Etikett war wunderschön in großen Buchstaben

gedruckt
štítek byl krásně vytištěn velkými písmeny
"TRINK MICH"
"VYPIJ MĚ"
»Nein, ich werde erst nachsehen«, sagte sie
"Ne, nejdřív se podívám," řekla
"Ich werde sehen, ob die Flasche als giftig gekennzeichnet
ist oder nicht."
"Podívám se, jestli ta lahvička není označená jako jedovatá
nebo ne,"
weil sie die Lektion über das Gift nie vergessen hat
protože nikdy nezapomněla na lekci o jedu
"Wenn eine Flasche als giftig gekennzeichnet ist, wird sie
Ihnen bestimmt nicht zustimmen"
"Pokud je láhev označena jako jedovatá, určitě s vámi nebude
souhlasit"
Diese Flasche war jedoch nicht als giftig gekennzeichnet
Tato lahvička však nebyla označena jako jedovatá
so wagte Alice es, den Inhalt der Flasche zu kosten
a tak se Alenka odvážila okusiti obsahu lahvičky
Sie fand die Flüssigkeit ganz nach ihrem Geschmack
Tekutina jí přišla docela podle jejích představ
Das Getränk hatte einen gemischten Geschmack
nápoj měl jakousi smíšenou chuť
Kirschkuchen, Vanillepudding und Ananas
třešňový koláč, pudink a ananas
Gebratener Truthahn, Toffee und Toast mit heißer Butter
pečený krocan, karamel, toast s horkým máslem
und bald trank sie die Flasche aus
a brzy láhev dopila
"Was für ein merkwürdiges Gefühl!" sagte Alice
"Jaký to podivný pocit!" řekla Alenka
"Ich klappe mich zusammen wie ein Teleskop!"
"Skládám se jako dalekohled!"
Und sie faltete sich tatsächlich zusammen wie ein Teleskop!
A ona se skládala jako dalekohled!
Sie war jetzt nur noch zehn Zentimeter groß

Byla teď jen deset palců vysoká
und ihr Gesicht erhellte sich bei ihren Gedanken
a tvář se jí rozjasnila při pomyšlení
Jetzt hatte sie die richtige Größe für das Türchen
Teď měla tu správnou velikost pro malá dvířka
Jetzt konnte sie in diesen schönen Garten gehen
teď mohla jít do té krásné zahrady
Bald hörte sie auf, kleiner zu werden
brzy se přestala zmenšovat
Sie beschloß, sofort in den Garten zu gehen
Rozhodla se, že půjde ihned do zahrady
aber wehe der armen Alice!
ale běda ubohé Alence!
Sie kam zur Tür
Dostala se ke dveřím
Aber sie hatte den kleinen goldenen Schlüssel vergessen
ale zapomněla na ten zlatý klíček
Sie ging zurück zum Tisch, um den Schlüssel zu holen
Vrátila se ke stolu pro klíč
aber sie merkte, daß sie nicht hoch genug greifen konnte
ale zjistila, že nemůže dosáhnout dost vysoko
**Sie konnte den Schlüssel ganz deutlich durch das Glas
sehen**
Přes sklo viděla klíč docela jasně
Sie versuchte, die Beine des Tisches hinaufzuklettern
Pokusila se vylézt na nohy stolu
Aber das Glas war viel zu rutschig
ale sklo bylo příliš kluzké
Irgendwann erschöpfte sie sich mit dem Versuch
Nakonec se pokusy vyčerpaly
Und das arme kleine Mädchen setzte sich hin und weinte
a ubohé děvčátko se posadilo a plakalo
Alice sprach ziemlich scharf mit sich selbst
Alenka mluvila k sobě dosti ostře
"Komm, es hat keinen Zweck, so zu weinen!"
"No tak, nemá smysl takhle brečet!"
"Ich rate dir, gleich aufzuhören!"

"Radím vám, abyste okamžitě přestal!"
Sie gab sich im Allgemeinen sehr gute Ratschläge
Obecně si dávala velmi dobré rady
obwohl sie nur sehr selten ihren eigenen Rat befolgte
i když se jen velmi zřídka řídila svými vlastními radami
und sie war manchmal zu streng mit sich selbst
a někdy na sebe byla až příliš přísná
und ihre Worte trieben ihr Tränen in die Augen
a její slova jí vehnala slzy do očí
Bald fiel ihr Blick auf einen kleinen Glaskasten
Brzy padl její zrak na malou skleněnou krabičku
Der kleine Glaskasten lag unter dem Tisch
Malá skleněná krabička ležela pod stolem
In dem Glaskasten befand sich ein sehr kleiner Kuchen
Ve skleněné krabici byl velmi malý dort
Auf dem Kuchen waren einige Worte schön geschrieben
Na dortu byla některá slova krásně napsaná
die Worte waren in Johannisbeeren markiert worden
Slova byla označena rybízem
"MICH ESSEN"
"Sněz mě"
"Nun, ich werde den Kuchen essen," sagte Alice
"Nu, já ten koláč sním," řekla Alenka
**"Und wenn mich der Kuchen größer werden lässt, kann ich
den Schlüssel erreichen"**
"a když mě dort zvětší, dosáhnu na klíč"
**"Und wenn mich der Kuchen kleiner werden lässt, kann ich
unter die Tür kriechen"**
"a když mě ten dort zmenší, můžu se vplížit pod dveře"
"Also so oder so komme ich in den Garten"
"tak jako tak se dostanu do zahrady"
"Und es ist mir egal, was von beidem passiert!"
"a je mi jedno, co z těch dvou se stane!"
Sie aß ein wenig von dem Kuchen
Snědla kousek koláče
und sie sprach ängstlich zu sich selbst:
a úzkostlivě pravila sama k sobě:

"In welche Richtung? In welche Richtung?"
"Kudy? Kudy?"
und sie hielt die Hand auf den Kopf
a držela si ruku na hlavě
Sie wollte spüren, in welche Richtung sie wuchs
Chtěla cítit, jakým směrem roste
Sie war ganz überrascht, als sie erfuhr, was geschehen war
byla docela překvapena, když zjistila, co se stalo
Sie war gleich groß geblieben!
Zůstala stejně velká!
Also verdoppelte sie dieses Mal ihre Bemühungen
A tak tentokrát zdvojnásobila své úsilí
Und bald war der ganze Kuchen fertig
a brzy celý koláč dojedla

Der Pool der Tränen
Kaluž slz

"Das wird immer interessanter!" rief Alice

"To začíná být čím dál zajímavější!" zvolala Alenka

Man kann sehen, dass sie sehr überrascht war

Je vidět, že byla velmi překvapená

"Ich öffne mich wie das größte Teleskop, das es je gab!"

"Otevírám se jako největší dalekohled, jaký kdy existoval!"

»Auf Wiedersehen, Füße! Oh, meine armen kleinen Füße"

"Nashledanou, nohy! Ach, moje ubohé nožky"

"Ich frage mich, wer euch jetzt die Schuhe anziehen wird, meine Lieben?"

"Zajímalo by mě, kdo vám teď obouvá boty, drahoušci?"

»und ich frage mich, wer Ihre Strümpfe anziehen wird?«

"a zajímalo by mě, kdo ti oblékne punčochy?"

"Ich werde viel zu weit weg sein"

"Budu příliš daleko"

"Ich werde mich nicht mehr um dich kümmern können"

"Už si s tebou nebudu moci dělat starosti"

In diesem Augenblick schlug ihr Kopf gegen etwas

V tu chvíli se její hlava o něco udeřila

Sie hatte das Dach des Saales erreicht

Došla až na střechu sálu

Tatsächlich war sie jetzt mehr als zwei Meter groß

Ve skutečnosti byla nyní vysoká více než dva metry

und sie ergriff sogleich den kleinen goldenen Schlüssel

a hned vzala do ruky zlatý klíček

und sie eilte zur Gartentür

a pospíchala k zahradním dveřím

Arme Alice! Es gab nicht viel, was sie tun konnte

Ubohá Alenka! Nemohla toho moc dělat

Sie legte sich auf die Seite

lehla si na bok

Und sie blickte mit einem Auge in den Garten hinein

a jedním okem nahlédla do zahrady

Aber durchzukommen war hoffnungsloser denn je

ale dostat se sem bylo beznadějnější než kdy jindy

Sie setzte sich und fing wieder an zu weinen

Posadila se a znovu se rozplakala

Sie fuhr fort, literweise Tränen zu vergießen

Pokračovala v prolévání galonů slz

Bald war ein großer Pool um sie herum

Brzy byla kolem ní velká kaluž

und das Wasser reichte bis zur Hälfte des Flurs

a voda sahala až do poloviny chodby

Nach einer Weile hörte sie ein leises Getrappel von Füßen

Po chvíli zaslechla lehké cupitání nohou

Sie hörte die Füße aus der Ferne kommen

z dálky slyšela přicházet kroky

Und sie trocknete sich hastig die Augen, um zu sehen, was kommen würde

a rychle si osušila oči, aby viděla, co přijde

Es war das weiße Kaninchen, das zurückkehrte

Byl to vracející se Bílý králík

Er war prächtig gekleidet

Byl nádherně oblečen

Er hatte ein Paar weiße Handschuhe in der einen Hand

V jedné ruce držel pár bílých rukavic

Und in der anderen Hand hatte er einen großen Federfächer

a v druhé ruce měl velký vějíř z peří

Er kam in großer Eile dahergetrabt

Klusal ve velkém spěchu

und er murmelte vor sich hin: »Ach! die Herzogin, die Herzogin!«

a zamumlal si pro sebe: "Ach! Vévodkyně, vévodkyně!"

»Ach! wird sie nicht wild sein, wenn ich sie habe warten lassen?«

"Ach! nebude divoká, když jsem ji nechal čekat!"

Als das Kaninchen in ihre Nähe kam, sprach Alice
Když se k ní Králík přiblížil, Alenka promluvila
aber sie sprach mit leiser, schüchterner Stimme
ale mluvila tichým, bázlivým hlasem
"Sir, bitte hören Sie für einen Moment auf, was Sie tun"
"Pane, prosím, přestaňte na okamžik s tím, co děláte"
Das Kaninchen erschrak heftig
Králík sebou prudce polekal
Er ließ die weißen Handschuhe und den Federfächer fallen
Upustil bílé rukavice a vějíř z peří
und er eilte fort in die Dunkelheit, so schnell er konnte
a uháněl pryč do tmy, jak nejrychleji dovedl
Alice hob den Federfächer und die Handschuhe auf
Alenka sebrala vějíř a rukavice
Und sie fächelte sich immer wieder Luft zu, während sie sprach
a ona se ovívala, zatímco mluvila
»Liebes, liebes Kind! Wie seltsam ist das alles heute!"
"Drahý, drahý! Jak je to dnes všechno podivné!"

"Gestern ging es weiter wie bisher"
"Včera to šlo jako obvykle"
"War ich heute Morgen noch so, als ich aufgestanden bin?"
"Byl jsem stejný, když jsem dnes ráno vstal?"
"Aber wenn ich nicht mehr derselbe bin, dann ist das eine
andere Frage"
"Ale pokud nejsem stejný, je tu jiná otázka"
"Wer in aller Welt bin ich?"
"Kdo proboha jsem?"
"Ah, das ist das große Rätsel!"
"Ach, to je ta velká hádanka!"
Während sie das sagte, blickte sie auf ihre Hände hinunter
Když to říkala, podívala se dolů na své ruce
Sie trug einen der kleinen weißen Handschuhe des
Kaninchens
Měla na sobě jednu z králíkových malých bílých rukavic
Sie hatte nicht bemerkt, dass sie den Handschuh angezogen
hatte, während sie sprach
Nevšimla si, že si rukavici nasadila, když mluvila
"Wie konnte ich das machen?" dachte sie
"Jak jsem to mohla udělat?" pomyslela si
"Ich muss wieder klein werden"
"Musím být zase malý"
Sie stand auf und ging zum Tisch, um ihre Größe zu messen
Vstala a šla ke stolu, aby si změřila svou výšku
Sie stellte fest, dass sie jetzt etwa einen halben Meter groß
war
Zjistila, že je nyní asi půl metru vysoká
und sie schrumpfte immer noch schnell
a ona se stále rychle zmenšovala
Bald fand sie heraus, was die Ursache für das Schrumpfen
war
Brzy zjistila, co je příčinou tohoto zmenšování
Der Federfächer machte sie wieder kleiner!
Péřový vějíř ji zase zmenšoval!
Und sie ließ hastig den Federfächer fallen
a spěšně upustila péřový vějíř

Sie ließ den Federfächer gerade noch rechtzeitig fallen, um
sich zu retten
Upustila vějíř právě včas, aby se zachránila
Hätte sie sich noch länger Luft zugefächelt, wäre sie völlig
zusammengeschrumpft
Kdyby se ještě ovívala, byla by se úplně scvrkla
»Das war ein knappes Entkommen!« sagte Alice
"To byl jen o vlásek únik!" řekla Alenka
und sie erschrak sehr über die plötzliche Veränderung
a ona se té náhlé změny velmi polekala
aber sie war sehr froh, daß sie noch da war
ale byla velmi ráda, že zjistila, že ještě existuje
"Und jetzt ab in den Garten!"
"A teď do zahrady!"
Und sie lief mit aller Geschwindigkeit zurück zu der
kleinen Tür
A běžela vší rychlostí zpátky k malým dveřím
Aber ach! Das Türchen wurde wieder geschlossen
ale běda! Malá dvířka byla opět zavřená
Und das goldene Schlüsselchen lag wieder auf dem
Glastisch
a ten zlatý klíček zase ležel na skleněném stole
"Es ist schlimmer als je!" dachte das arme Kind
"Věci jsou horší než kdy jindy," pomyslilo si ubohé dítě
"So klein war ich noch nie, niemals!"
"Nikdy předtím jsem nebyla tak malá, nikdy!"
Bei diesen Worten rutschte ihr Fuß aus
Při těchto slovech jí uklouzla noha
Und im nächsten Augenblick gab es ein großes Plätschern!
a v dalším okamžiku se ozvalo velké šplouchnutí!
Sie stand bis zum Kinn im Salzwasser
byla až po bradu ve slané vodě
Ihre erste Idee war, dass sie irgendwie ins Meer gefallen war
Její první myšlenka byla, že nějak spadla do moře
Sie erkannte jedoch bald, worin sie sich befand
Brzy si však uvědomila, v čem je
Sie war in einer Tränenlache

byla v kaluži slz
**die Tränen, die sie geweint hatte, als sie zwei Meter groß
war**
Slzy, které plakala, když byla dva metry vysoká

In diesem Augenblick hörte sie etwas
V tu chvíli něco zaslechla
Etwas plätscherte im Pool herum
Něco šplouchalo v bazénu
Das Plätschern kam aus einiger Entfernung
Šplouchání přicházelo z malé dálky
**und sie schwamm näher, um zu sehen, was das Plätschern
war**
a plavala blíž, aby se podívala, co je to za šplouchání
Bald sah sie, dass es nur eine kleine Maus war
brzy poznala, že je to jen malá myška
Auch die kleine Maus war ins Wasser geschlüpft
Myška také vklouzla do vody

Alice dachte bei sich über die Situation nach
Alenka se zamyslela nad situací
"Würde es etwas nützen, mit dieser Maus zu sprechen?"
"Mělo by smysl mluvit s tou myší?"
"Hier unten steht alles auf dem Kopf"
"Všechno je tu tak vzhůru nohama"
"Ich denke, es ist sehr wahrscheinlich, dass diese Maus sprechen kann."
"Řekl bych, že tahle myš pravděpodobně umí mluvit."
"Es schadet jedenfalls nicht, es zu versuchen"
"V každém případě není na škodu to zkusit"
Also begann sie zu versuchen, mit der Maus zu sprechen
Začala se tedy snažit s myší mluvit
"Oh Maus, kennst du den Weg aus diesem Pool?"
"Ach, Myško, znáš cestu ven z téhle tůně?"
"Ich bin es leid, hier herumzuschwimmen, oh Maus!"
"Už mě nebaví tady plavat, ó Myško!"
Die Maus schaute sie ziemlich neugierig an
Myš se na ni podívala dost zvědavě
Die Maus schien mit einem ihrer kleinen Augen zu blinzeln
Myš jako by mrkala jedním ze svých malých očí
Aber die kleine Maus sagte nichts
ale myška neříkala nic
"Vielleicht versteht die Maus kein Englisch!" dachte Alice
"Snad myš nerozumí anglicky," pomyslila si Alenka
"Ich wage zu behaupten, es ist eine französische Maus"
"Troufám si říct, že je to francouzská myš"
"Vielleicht kam diese Maus mit Wilhelm dem Eroberer herüber"
"možná tato myš přišla s Vilémem Dobyvatelem"
Also fing sie wieder an, auf Französisch
Začala tedy znovu, francouzsky
"Wo ist meine Katze?", fragte sie auf Französisch
"Kde je moje kočka?" zeptala se francouzsky
es war der erste Satz in ihrem französischen Unterrichtsbuch
byla to první věta v její učebnici francouzštiny
Die Maus machte einen plötzlichen Sprung aus dem Wasser

Myš náhle vyskočila z vody
Und die Maus schien am ganzen Leibe vor Schreck zu zittern
a myš se zdála být celá chvějena strachem
"Oh, ich bitte um Verzeihung!" rief Alice hastig
"Ó, prosím za odpuštění!" zvolala Alenka spěšně
Sie fürchtete, sie habe die Gefühle des armen Tieres verletzt
bála se, že se dotkla citů ubohého zvířátka
"Ich habe ganz vergessen, dass du keine Katzen magst"
"Úplně jsem zapomněl, že nemáte rád kočky"
"Ich mag keine Katzen!" rief die Maus mit schriller, leidenschaftlicher Stimme
"Nemám ráda kočky!" zvolala Myška pronikavým, vášnivým hlasem
"Hättest du gerne Katzen, wenn du ich wärst?"
"Chtěl bys na mém místě kočky?"
Alice tröstete die Maus in einem beruhigenden Ton
Alenka utěšovala myš konejšivým tónem
"Naja, vielleicht würde ich an deiner Stelle auch keine Katzen mögen"
"No, na tvém místě bych možná neměl rád kočky."
"Bitte ärgern Sie sich nicht über die Erwähnung von Katzen"
"Prosím, nezlobte se kvůli zmínce o kočkách"
"Und doch wünschte ich, ich könnte dir unsere Katze Dina zeigen"
"A přece bych si přála, abych vám mohla ukázat naši kočku Mindu"
"Wenn du sie treffen würdest, würdest du wohl Gefallen an Katzen finden"
"Kdybys ji potkal, myslím, že bys si oblíbil kočky"
"Wenn du sie nur sehen könntest"
"Kdybys ji tak mohl vidět"
"Sie ist so ein liebes, stilles Ding"
"Je to taková drahá, tichá věc"
Die Maus zitterte am ganzen Körper
Myš se třásla po celém těle
Alice war sich sicher, dass die Maus wirklich beleidigt sein

musste
Alenka byla jista, že myš musí být doopravdy uražena
"Wir reden nicht mehr über sie, wenn du lieber nicht willst"
"Už o ní nebudeme mluvit, pokud nechceš."
"Wir, allerdings!" rief die Maus
"Opravdu!" zvolala Myška
Die Maus zitterte bis zum Ende ihres Schwanzes
Myš se třásla až po konec ocasu
»Als ob ich über so ein Thema reden würde!«
"Jako bych chtěl o něčem takovém mluvit!"
"Unsere Familie hat Katzen schon immer gehasst"
"Naše rodina vždy nenáviděla kočky"
"Katzen; Gemeine, niedrige, gemeine Dinger!"
"kočky; Ošklivé, nízké, vulgární věci!"
"Laß mich den Namen nicht noch einmal hören!"
"Nedovolte, abych znovu slyšel to jméno!"
"Katzen will ich ja nicht mehr erwähnen!" sagte Alice
"O kočkách se opravdu nechci znovu zmiňovat!" řekla Alenka
Sie hatte es sehr eilig, das Thema zu wechseln
Velmi spěchala, aby změnila téma
"Bist du... Lieben Sie Hunde?«
"Jste... Máte rád psy?"
**"Es gibt so einen netten kleinen Hund in der Nähe unseres
Hauses."**
"Nedaleko našeho domu je takový pěkný pejsek,"
"Ich möchte dir den kleinen Hund zeigen!"
"Ráda bych vám ukázala toho psíka!"
"Dieser kleine Hund tötet alle Ratten und...
"Tento malý pes zabíjí všechny krysy a..."
»O je!« rief Alice in traurigem Tone
"Ach, bože!" zvolala Alenka smutným tónem
»Ich fürchte, ich habe dich schon wieder beleidigt!«
"Obávám se, že jsem vás zase urazila!"
Die Maus schwamm so schnell sie konnte von ihr weg
Myš od ní plavala pryč, jak nejrychleji to šlo
Und die Maus machte einen ziemlichen Aufruhr im Tümpel
a myš způsobila v bazénu docela rozruch

Da rief sie leise der Maus nach

A tak tiše zavolala za myší

"Meine liebe Maus, komm bitte zurück!"

"Milá Myško, vrať se, prosím!"

"Und wir werden nicht über Katzen sprechen"

"A nebudeme mluvit o kočkách"

"Und über Hunde müssen wir auch nicht reden"

"A nemusíme mluvit ani o psech"

Als die Maus das hörte, drehte sie sich um

Když to myš uslyšela, otočila se

Und die kleine Maus schwamm langsam zu ihr zurück

a myška zvolna plavala zpátky k ní

Das Gesicht der Maus war ganz blaß

Myší tvář byla docela bledá

Und die Maus sprach mit leiser, zitternder Stimme

a myš promluvila tichým, chvějícím se hlasem

"Lasst uns ans Ufer gehen"

"Pojďme na břeh"

"Und dann erzähle ich dir meine Geschichte"

"a pak vám povím svou historii"

"Und du wirst verstehen, warum ich Katzen und Hunde hasse"

"a pochopíte, proč nenávidím kočky a psy"

Es war höchste Zeit zu gehen

Byl nejvyšší čas odejít

weil der Pool ziemlich voll wurde

protože bazén začínal být docela přeplněný

Andere Vögel und Tiere waren in den Pool gefallen

další ptáci a zvířata spadli do tůně

es gab eine Ente und einen Dodo

byla tam kachna a blboun největší

und da waren ein Lory-Vogel und ein Adler

a byla tam i Lory bird a Eaglet

und es gab noch einige andere interessant aussehende Kreaturen

a bylo tam několik dalších zajímavě vypadajících tvorů

Alice führte den Weg aus dem Pool

Alice vedla cestu ven z bazénu
und die ganze Gesellschaft der Tiere schwamm ans Ufer
a celá skupina zvířat doplavala ke břehu

Ein Caucus-Rennen und ein langer Schwanz
Volební závod a dlouhý chvost
Es waren in der Tat ein lustig aussehender Haufen Tiere
Byla to opravdu legračně vypadající banda zvířat
und sie versammelten sich alle am Ufer des Wassers
a všichni se shromáždili na břehu vody
die Vögel hatten alle zerzauste Federn
všichni ptáci měli rozcuchané peří
und die pelzigen Tiere waren durchnässt
a chlupatá zvířátka byla promočená skrz naskrz
und alle waren triefend nass, genervt und unwohl
a všichni byli mokří, otrávení a nepohodlní

Es gab eine Frage, die zuerst beantwortet werden musste
Nejprve bylo třeba odpovědět na jednu otázku
Was ist der beste Weg für alle, um trocken zu werden?
Jaký je nejlepší způsob, jak se všichni mohou osušit?
Sie hatten eine Konsultation zu diesem Thema
O této záležitosti se poradili
Bald waren sie alle auf vertrautem Einvernehmen
Brzy se všichni dobře znali

Es war, als ob sie sie ihr ganzes Leben lang gekannt hätte
bylo to, jako by je znala celý život
**Die Maus schien eine Person mit einer gewissen Autorität
zu sein**
Myš se zdála být osobou s nějakou autoritou
"Setzt euch, ihr alle, und hört mir zu!
"Posaďte se všichni a poslouchejte mě!
"Ich werde euch bald wieder alle trocken machen!"
"Brzy vás všechny zase usuším!"
Sie setzten sich alle auf einmal in einem großen Ring nieder
Všichni se najednou posadili do velkého kruhu
Und die kleine Maus saß in der Mitte
a myška seděla uprostřed
"Ähm!" sagte die Maus mit einer wichtigen Miene
"Ehm!" řekla myš s důležitým výrazem
"Seid ihr bereit?"
"Jste všichni připraveni?"
"Das ist das Trockenste, was ich kenne"
"To je ta nejsušší věc, kterou znám"
»Schweigen Sie ringsum, wenn Sie wollen!«
"Ticho všude kolem, prosím!"
"Wilhelm der Eroberer wurde vom Papst begünstigt"
"Vilém Dobyvatel byl papežem oblíbený"
"aber er wurde bald von den Engländern unterworfen"
"ale brzy se mu podřídili Angličané"
"Sie wollten in letzter Zeit Führer"
"V poslední době chtěli lídry"
"Und sie waren an Macht und Eroberung gewöhnt"
"a byli zvyklí na moc a dobývání"
**"Edwin und Morcar, die Grafen von Mercia und
Northumbria"**
"Edwin a Morcar, hrabata z Mercie a Northumbrie"
»Pfui!« sagte der Lori-Vogel mit einem Schauer
"Fuj!" řekl pták lori a zachvěl se
**"und sogar Stigand, der patriotische Erzbischof von
Canterbury"**
"a dokonce i Stigand, vlastenecký arcibiskup z Canterbury"

"Er fand es auch ratsam"

"Také to považoval za vhodné"

"Was hielt er für ratsam?" fragte die Ente

"Co považoval za vhodné?" řekla kachna

"Er fand es ratsam", antwortete die Maus ziemlich verärgert

"Považoval to za vhodné," odpověděla myš poněkud mrzutě

aber die Ente war nicht zufrieden

ale kachna nebyla spokojena

"Natürlich weißt du, was 'es' bedeutet"

"Samozřejmě, že víte, co znamená 'to'"

"Ich weiß, was es ist, wenn ich etwas finde," sagte die Ente

"Vím, co to je, když něco najdu," řekla kachna

"Es ist in der Regel ein Frosch oder ein Wurm"

"obvykle je to žába nebo červ"

"Die Frage ist, was hat der Erzbischof gefunden?"

"Otázkou je, co arcibiskup zjistil?"

Die Maus bemerkte diese Frage nicht

Myš si této otázky nevšimla

Stattdessen fuhr die Maus hastig mit der Rede fort

Místo toho myš spěšně pokračovala v řeči

"Er fand es ratsam, mit Edgar Atheling zu gehen"

"považoval za vhodné jít s Edgarem Athelingem"

"um William zu treffen und ihm die Krone anzubieten"

"setkat se s Williamem a nabídnout mu korunu"

fuhr die Maus fort und wandte sich dabei an Alice

pokračovala myš, obracejíc se při těch slovech k Alence

»Wie geht es dir jetzt, meine Liebe?«

"Jak se ti daří teď, má drahá?"

»So naß wie immer,« sagte Alice in melancholischem Tone

"Tak mokrý jako vždycky," řekla Alenka melancholickým tónem

"Diese Geschichte scheint mich überhaupt nicht auszutrocknen"

"Zdá se, že mě tento příběh vůbec nevysušuje"

»In diesem Falle,« sagte der Dodo feierlich und erhob sich

"V tom případě," řekl Blboun slavnostně a vstal

"Ich stimme dafür, dass die Sitzung vertagt wird"

"Hlasuji pro odročení schůze"
"und ich schlage vor, sofort energischere Heilmittel zu ergreifen"
"a navrhuji okamžité přijetí energičtějších prostředků"
"Sprich wahre Worte!" sagte der Adler
"Mluv opravdová slova!" řekl orel
"Ich weiß nicht, was die Hälfte dieser langen Worte bedeutet"
"Neznám význam poloviny těch dlouhých slov"
»und außerdem glaube ich nicht, daß Sie es wissen!«
"a co víc, nevěřím, že to víš ani ty!"
»Was ich sagen wollte«, sagte der Dodo in beleidigtem Ton
"Co jsem chtěl říct," řekl Blboun uraženým tónem
"Das Beste, was uns trocken kriegt, wäre ein Caucus-Rennen"
"Nejlepší věc, která by nás osušila, by byl volební klání"
»Was ist ein Caucus-Rennen?« fragte Alice
"Co je to volební klání?" zeptala se Alenka

"Nun", sagte der Dodo, "der beste Weg, es zu erklären, ist, es zu tun."
"Nu," řekl Blboun nejkrásnější, "nejlepší způsob, jak to vysvětlit, je udělat to."

"Zuerst steckte der Dodo eine Rennbahn ab"
"Blboun první vyznačil dráhu závodu"
"Die Strecke verlief in einer Art Kreis"
"Skladba se točila v jakémsi kruhu"
"Und dann wurde die ganze Gesellschaft entlang der Strecke platziert"
"a pak se celá skupina rozmístila podél trati"
Es gab kein "Eins, zwei, drei und weg!"
Nebylo tam žádné "Jedna, dvě, tři a pryč!"
aber sie fingen an zu rennen, wann sie wollten
ale začali běhat, když se jim zachtělo
Und sie beendeten auch, wenn sie wollten
a také končili, když se jim zachtělo
Es war also nicht einfach zu wissen, wann das Rennen vorbei war
Nebylo tedy jednoduché poznat, kdy je po závodě
Nach etwa einer halben Stunde Laufen waren sie alle ziemlich trocken
asi po půl hodině běhu byli všichni docela suchí
der Dodo rief plötzlich: "Das Rennen ist vorbei!"
Blboun náhle zvolal: "Závody jsou u konce!"
Und sie drängten sich alle um den Dodo
a všichni se shlukli kolem Blbouna nejapného
Alle Tiere hechelten und schnauften
Všechna zvířata lapala po dechu a funěla
und sie alle wollten wissen: "Aber wer hat gewonnen?"
a všichni chtěli vědět: "Ale kdo vyhrál?"
Diese Frage konnte der Dodo nicht sofort beantworten
Na tuto otázku nemohl blboun okamžitě odpovědět
Zuerst musste er sehr viel nachdenken
Nejprve musel hodně přemýšlet
Nach langem Nachdenken sprach der Dodo schließlich
Po dlouhém přemýšlení Blboun konečně promluvil
"Jeder hat gewonnen, und jeder muss Preise haben"
"Každý vyhrál a všichni musí mít ceny"
»Aber wer soll die Preise geben?« fragte ein Chor von Stimmen

"Ale kdo má ty ceny předat?" zeptal se sbor hlasů
"Nun, sie natürlich", sagte der Dodo
"No, ona, ovšem," řekl Blboun
und der Dodo deutete mit einem Finger auf Alice
a Blboun ukázal prstem na Alenku
und die ganze Gesellschaft von Tieren drängte sich um sie
a celá skupina zvířat se kolem ní shlukla
sie riefen verwirrt: »Preise! Preise!"
zmateně volali: "Ceny! Ceny!"
Alice hatte keine Ahnung, was sie tun sollte
Alenka neměla zdání, co si počít
Verzweifelt steckte sie die Hand in die Tasche
V zoufalství strčila ruku do kapsy
Und sie zog eine Schachtel mit Süßigkeiten hervor
a vytáhla krabici sladkostí
Glücklicherweise war das Salzwasser nicht in den Kasten gelangt
Slaná voda se naštěstí do bedny nedostala
Und sie reichte die Süßigkeiten als Preise herum
a sladkosti rozdávala jako ceny
Es gab genau ein Stück für jeden
Pro každého se našel přesně jeden kus
Das nächste, was sie tun mussten, war, die Süßigkeiten zu essen
Další věc, kterou museli udělat, bylo sníst sladkosti
Dies verursachte einige Geräusche und Verwirrung
To způsobilo určitý hluk a zmatek
Die großen Vögel klagten, dass sie ihre Süßigkeiten nicht schmecken konnten
velcí ptáci si stěžovali, že nemohou ochutnat jejich sladkosti
Die Kleinen verschluckten sich und mussten auf den Rücken geklopft werden
Ti malí se dusili a museli je poplácávat po zádech
Doch dann war es endlich vorbei
Konečně však bylo po všem
Und sie setzten sich wieder in einem Ring nieder
a opět se posadili do kruhu

Und sie flehten die Maus an, ihnen noch etwas zu erzählen
a prosili myšku, aby jim ještě něco řekla
**»Du hast versprochen, mir deine Geschichte zu erzählen,
weißt du,« sagte Alice**
"Slíbila jste mi, že mi povíte příběh svého života, nezapomněla
jste," řekla Alenka
**und sie machte noch eine kleine Bemerkung über Katzen im
Flüsterton**
a šeptem pronesla ještě jednu drobnou poznámku o kočkách
Sie wollte die Maus nicht noch einmal beleidigen
Nechtěla znovu urazit myš
die kleine Maus drehte sich zu Alice um und seufzte
myška se obrátila k Alence a vzdychla
"Meine Geschichte ist lang und traurig!"
"Můj příběh je dlouhý a smutný!"
»Es ist gewiß ein langer Schwanz,« sagte Alice
"Je to zajisté dlouhý ocas," řekla Alenka
**Und sie blickte verwundert auf den Schwanz der Maus
hinunter**
a s údivem pohlédla dolů na myší ocásek
"Aber warum nennst du es einen traurigen Schwanz?"
"Ale proč tomu říkáte smutný ocas?"
Und sie rätselte unaufhörlich, während die Maus sprach
A lámala si nad tím hlavu při řeči myši
**so daß ihre Vorstellung von der Geschichte ungefähr so
aussah**
takže její představa příběhu byla asi taková,

                    "Fury said to
                  a mouse, That
                 he met in the
                  house, 'Let
                    us both go
                   to law: *I*
                  will prosecute
                  you.—
                    Come, I'll
                take no denial:
                 We must have
                 the trial;
                   For really
                 this morning
            I've
            nothing
            to do.'
                Said the
                  mouse to
                   the cur,
                    'Such a
                     trial, dear
                      sir, With
                        no jury
                         or judge,
                          would
                         be wasting
                      our
                   breath."
                 'I'll be
                judge,
               I'll be
              jury,'
            said
            cunning
              old
                Fury;
                 'I'll
                  try
                    the
                      whole
                        cause,
                         and
                       condemn
                      you to
              death.'"

Fury sagte zu einer Maus, die er im Haus getroffen hat."
Fury řekl myši, že se setkal v domě."
Lasst uns beide vor Gericht gehen: Ich werde euch anklagen
Pojďme se oba soudit: budu vás stíhat
Kommen Sie, ich leugne es nicht: Wir müssen den Prozeß
haben
Pojďte, nebudu popírat: musíme mít soud
Denn heute morgen habe ich wirklich nichts zu tun

Protože dnes ráno opravdu nemám co dělat
Sagte die Maus zum Pfarrer;
Řekla myš kletbě;
Ein solcher Prozeß, lieber Herr, ohne Geschworene und
Richter, würde uns den Atem rauben
Takový proces, drahý pane, bez poroty nebo soudce, by byl
ztrátou dechu
»Ich werde Richter sein, ich werde Geschworener sein«,
sagte der schlaue alte Fury
"Já budu soudce, budu porotce," řekl mazaný starý Fury
Ich werde die ganze Sache prüfen und dich zum Tode
verurteilen
Vyzkouším celou věc a odsoudím vás k smrti
die Maus sprach streng zu Alice
myš mluvila k Alence přísně
"Du passt nicht auf!"
"Nedáváte pozor!"
"Woran denkst du?"
"Na co myslíš?"
»Ich bitte um Verzeihung,« sagte Alice sehr demütig
"Promiňte," řekla Alenka pokorně
»Sie waren in der fünften Kurve angelangt, glaube ich?«
"Myslím, že jste se dostal do páté zatáčky?"
"Du beleidigst mich, indem du so einen Unsinn redest!"
"Urážíte mě takovými nesmysly!"
Und die Maus stand auf und ging weg
a myš vstala a odešla
Alice rief der kleinen Maus hinterher
Alice zavolala za malou myškou
"Bitte komm zurück und beende deine Geschichte!"
"Prosím, vraťte se a dokončete svůj příběh!"
Und die andern stimmten alle in den Chor ein
A všichni ostatní se sborově připojili
"Ja, bitte beenden Sie Ihre Geschichte!"
"Ano, prosím, dokonči svůj příběh!"
Aber die Maus schüttelte nur ungeduldig den Kopf
Myš však jen netrpělivě zavrtěla hlavou

Und die kleine Maus ging ein wenig schneller
a myška šla o něco rychleji
"Ich wünschte, ich hätte Dinah, unsere Katze, hier!" sagte
Alice
"Kéž bych tu měla Mindu, naši kočku!" řekla Alenka
Dies erregte in der Partei ein bemerkenswertes Aufsehen
To vyvolalo ve společnosti pozoruhodný rozruch
Einige der Vögel eilten sofort davon
Někteří ptáci okamžitě odspěchali
und ein Kanarienvogel rief mit zitternder Stimme seinen
Kindern zu;
a Kanárek volal chvějícím se hlasem na své děti;
»Kommt fort, meine Lieben!«
"Pojďte pryč, miláčku!"
"Es ist höchste Zeit, dass ihr alle im Bett seid!"
"Je nejvyšší čas, abyste byli všichni v posteli!"
Mit verschiedenen Ausreden gingen sie alle weg
S různými výmluvami všichni odešli
und Alice war bald allein
a Alenka brzy zůstala sama
"Ich wünschte, ich hätte Dina nicht erwähnt!"
"Škoda, že jsem se nezmínila o Mindě!"
"Niemand scheint sie hier unten zu mögen"
"Zdá se, že ji tady dole nikdo nemá rád"
"Aber ich bin mir sicher, dass sie die beste Katze von der
Welt ist!"
"ale jsem si jistá, že je to ta nejlepší kočka na světě!"
Die arme Alice fing wieder an zu weinen
Ubohá Alenka se opět dala do pláče
weil sie sich sehr einsam und niedergeschlagen fühlte
protože se cítila velmi osamělá a skleslá
Nach einer Weile aber hörte sie wieder etwas
Za malou chvíli však opět něco zaslechla
ein leises Getrappel von Schritten in der Ferne
Malé cupitání kroků v dálce
und sie blickte eifrig auf
a dychtivě vzhlédla

Der Hase schickt den kleinen Mr. Bill herein
Králík pošle malého pana Billa

Es war das weiße Kaninchen, das langsam wieder zurücktrabte
Byl to bílý králík, který zase pomalu klusal zpátky
Er sah sich ängstlich um, während er ging
Cestou se úzkostlivě rozhlížel
Er sah aus, als hätte er etwas verloren
Vypadal, jako by něco ztratil
Alice hörte, wie er vor sich hin murmelte
Alenka ho slyšela, jak si pro sebe něco mumlá
»Die Herzogin! Die Herzogin! Oh, meine lieben Pfoten!"
"Vévodkyně! Vévodkyně! Ach, mé drahé tlapky!"
"Oh, mein Fell und meine Schnurrhaare!"
"Ach, moje srst a vousy!"
"Sie wird mich hinrichten lassen, da bin ich mir sicher"
"Ona mě nechá popravit, tím jsem si jistý"
"Genauso sicher, wie Frettchen Frettchen sind!"
"Stejně tak jistě, jako jsou fretky fretky!"
"Wo kann ich meine Sachen abgestellt haben, frage ich mich?"
"Zajímalo by mě, kam jsem mohl upustit své věci?"
Alice erriet in einem Augenblick, was er suchte
Alenka ihned uhodla, co hledá
Er war auf der Suche nach dem Federfächer

Hledal vějíř peří
Und er suchte nach dem Paar weißer Handschuhe
a hledal pár bílých rukavic
So machte sie sich sehr gutmütig auf die Suche nach den Handschuhen
A tak se velmi dobromyslně začala po rukavicích poohlížet
Und sie suchte auch nach dem Federfächer
a také se podívala po vějíři z peří
Aber die Handschuhe und der Federfächer waren nirgends zu sehen
ale rukavice a vějíř z peří nebyly nikde vidět
Alles schien sich verändert zu haben, seit sie im Pool geschwommen war
Zdálo se, že se všechno změnilo od té doby, co plavala v bazénu
Nichts war mehr so, wie es war, seit sie in der Großen Halle gewesen war
Nic nebylo jako dřív od té doby, co byla ve Velké síni
und der Glastisch war verschwunden
a skleněný stůl zmizel
Und die kleine Tür war auch nicht da
a malá dvířka tam také nebyla
Sehr bald bemerkte das Kaninchen Alice
Brzy si králík všiml Alenky
rief er ihr in zornigem Ton zu
Zavolal na ni rozzlobeným tónem
"Mary Ann, was machst du hier draußen?"
"Mary Ann, co tady děláš?"
"Lauf in diesem Moment nach Hause"
"Utíkej teď domů"
"Und hol mir ein Paar Handschuhe und einen Federfächer!"
"A přineste mi pár rukavic a vějíř z peří!"
"Und beeil dich!"
"A pospěšte si!"
Alice sprach mit sich selbst, als sie davonrannte
Alenka mluvila sama k sobě, když odběhla
"Er muss mich für sein Hausmädchen gehalten haben!"

"Asi si mě spletl se svou služkou!"
"Wie überrascht wird er sein, wenn er herausfindet, wer ich bin!"
"Jak bude překvapený, až zjistí, kdo jsem!"
Während sie dies sagte, stieß sie auf ein hübsches Häuschen
Když to dořekla, narazila na úhledný domek
An der Tür des Hauses hing eine helle Messingplatte
Na dveřích domu byla zářivá mosazná deska
"W. HASE"
"W. KRÁLÍK"
Sie trat ein, ohne an die Tür zu klopfen
Vešla dovnitř, aniž by zaklepala na dveře
und sie eilte geradewegs die Treppe hinauf
a spěchala rovnou nahoru
sie machte sich Sorgen, dass sie die echte Mary Ann treffen könnte
bála se, že by mohla potkat skutečnou Mary Ann
denn dann würde sie aus dem Haus gejagt werden
protože pak by byla vyhozena z domu
Und sie würde den Federfächer und die Handschuhe nicht finden können
a nemohla by najít vějíř z peří a rukavice
Alice hatte den Weg in ein aufgeräumtes Kämmerlein gefunden
Alenka našla cestu do úhledného pokojíku
Im Zimmer stand ein Tisch am Fenster
V místnosti byl stůl u okna
und auf dem Tisch stand ein Federfächer
a na stole byl péřový vějíř
Und da waren zwei oder drei Paar winzige weiße Handschuhe
a byly tam dva nebo tři páry malých bílých rukavic
Sie hob den Federfächer und ein Paar Handschuhe auf
Sebrala vějíř z peří a pár rukavic
und sie war eben im Begriff, das Zimmer zu verlassen
a ona se právě chystala odejít z pokoje
Aber dann fiel ihr Blick auf ein Fläschchen

ale pak její oči padly na malou lahvičku
Sie entkorkte die Flasche und führte sie an ihre Lippen
Odzátkovala láhev a přiložila si ji ke rtům
"Ich hoffe, dass ich dadurch wieder groß werde"
"Doufám, že díky tomu zase vyrostu"
"Ich bin es leid, so ein winziges Ding zu sein!"
"Už mě nebaví být tak maličkou věcíčkou!"
Alice hatte kaum die halbe Flasche getrunken
Alenka vypila sotva polovinu láhve
Ihr Kopf drückte bereits gegen die Decke
její hlava už se tiskla ke stropu
und sie musste sich bücken
a musela se sehnout
um ihr das Genick vor dem Genickbruch zu bewahren
aby zachránila svůj vaz před zlomením
Hastig stellte sie die Flasche ab
Spěšně láhev odložila
"Das reicht"
"To je úplně dost"
"Ich hoffe, ich wachse nicht mehr"
"Doufám, že už nerostu"
Leider! Es war zu spät, das zu wünschen!
Běda! Bylo příliš pozdě na to, abychom si to přáli!
Sie wuchs und wuchs weiter
Rostla a rostla
und sehr bald musste sie sich auf den Boden knien
a velmi brzy musela pokleknout na podlahu
und selbst dann wuchs sie weiter
a i tak rostla
Als letztes Mittel streckte sie einen Arm aus dem Fenster
Jako poslední útočiště vystrčila jednu ruku z okna
und sie setzte einen Fuß auf den Schornstein
a vystrčila jednu nohu do komína
"Jetzt kann ich nicht mehr, was auch immer passiert"
"Teď už nemohu dělat víc, ať se děje cokoli"
»Was wird aus mir?«
"Co se mnou bude?"

Alice hatte Glück
Alenka měla trochu štěstí
Das kleine Zauberfläschchen hatte seine volle Wirkung entfaltet
Malá kouzelná lahvička měla svůj plný účinek
und Alice wurde nicht größer, als sie war
a Alenka již nevyrostla do větší velikosti, než byla
Nach ein paar Minuten hörte sie draußen eine Stimme
Po několika minutách uslyšela venku hlas
Und sie blieb stehen, um der Stimme zu lauschen
a zastavila se, aby naslouchala hlasu
»Mary Ann! Mary Ann!« sagte die Stimme
"Mary Ann! Mary Ann!" řekl hlas
"Hol mir gleich meine Handschuhe!"
"Přineste mi hned moje rukavice!"
Dann ertönte ein leises Getrappel von Füßen auf der Treppe
Pak se ozvalo malé cupitání po schodech
Alice wusste, dass es das Kaninchen war, das kam, um sie zu

suchen
Alenka věděla, že to králík přichází ji hledat
und sie zitterte, bis sie das Haus erschütterte
a třásla se, až se dům třásl
Sie vergaß ganz, welche Proportionen sie hatte
úplně zapomněla, jaké jsou její proporce
Sie war tausendmal so groß wie das Kaninchen
byla tisíckrát větší než králík
**und sie hatte keinen Grund, sich vor einem Kaninchen zu
fürchten**
a neměla důvod bát se králíka
Bald kam das Kaninchen an die Tür heran
Zanedlouho králík přišel ke dveřím
Und das kleine Kaninchen versuchte, die Tür zu öffnen
a králíček se pokusil otevříti dveře
Die Tür begann sich nach innen zu öffnen
dveře se začaly otevírat dovnitř
aber Alices Ellbogen wurde hart gegen die Tür gedrückt
Alenka však měla loket pevně přitisknutý ke dveřím
Dieser Versuch erwies sich als Fehlschlag
Tento pokus se ukázal jako neúspěšný
Alice hörte, wie das Kaninchen mit sich selbst sprach
Alenka slyšela králíka mluvit sám k sobě
"Dann gehe ich herum und steige durch das Fenster ein"
"Tak to obejdu a dostanu se dovnitř oknem"
"Das wirst du nicht!" dachte Alice
"To nebudete!" pomyslila si Alenka
und sie wartete wieder ein wenig
a opět chvíli počkala
Bald hörte sie das Kaninchen gerade unter dem Fenster
Brzy uslyšela králíka přímo pod oknem
Plötzlich streckte sie ihre Hand aus
Náhle roztáhla ruku
Und sie machte einen Sprung in die Luft
a chňapla po vzduchu
Sie bekam nichts in die Finger
Nic se jí nepodařilo sehnat

aber sie hörte einen kleinen Schrei und einen Sturz
ale zaslechla slabý výkřik a pád
und sie hörte ein Krachen von zerbrochenem Glas
a uslyšela řinčení rozbitého skla
Vielleicht war das Kaninchen gefallen
možná králík spadl
Vielleicht war er in einem Gewächshaus
Možná byl ve skleníku
Dann ertönte eine zornige Stimme; Die Stimme des Kaninchens
Pak se ozval rozzlobený hlas; Králičí hlas
"Pat, wo bist du?"
"Pate, kde jsi?"
Und dann ertönte eine Stimme, die sie noch nie zuvor gehört hatte
A pak se ozval hlas, který nikdy předtím neslyšela
"Euer Ehren, ich bin hier!"
"Vaše ctihodnosti, jsem tady!"
"Ich grabe nach Äpfeln"
"Kopu jablka"
»Hier! Komm und hilf mir da raus!"
"Tady! Pojďte a pomozte mi z toho!"
»Nun sag mir, Pat, was ist das da im Fenster?«
"A teď mi pověz, Pat, co je to v tom okně?"
"Sicher, Euer Ehren, ich werde es Ihnen sagen"
"Jistě, vaše ctihodnosti, povím vám to"
"Das ist ein Arm, der im Fenster steckt!"
"To je ruka, co je v okně!"
"Na ja, da hat ein Arm nichts zu suchen"
"No, ruka tam nemá co dělat"
"Geh und nimm den Arm weg!"
"Jdi a vezmi tu paži pryč!"
Hierauf trat ein langes Schweigen ein
Poté nastalo dlouhé ticho
und Alice konnte nur ab und zu ein Flüstern hören
a Alenka slyšela jen tu a tam šeptání
und endlich streckte sie die Hand wieder aus

a nakonec znovu roztáhla ruku
Und sie machte einen weiteren Sprung in die Luft
a udělala další chňapnutí do vzduchu
Diesmal gab es zwei kleine Schreie
Tentokrát se ozvaly dva malé výkřiky
und es gab noch mehr Geräusche von zerbrochenem Glas
a ozvaly se další zvuky rozbitého skla
"Ich möchte wohl wissen, was sie nun tun werden!" dachte Alice
"To jsem zvědavá, co udělají příště!" pomyslila si Alenka
"Ich wünschte, sie würden mich aus dem Fenster ziehen"
"Přál bych si, aby mě vytáhli z okna"
Sie wartete eine Weile
Nějakou dobu čekala
aber eine Weile hörte sie nichts mehr
ale nějakou dobu už nic neslyšela
Endlich ertönte das Rumpeln kleiner Rädchen
Konečně se ozvalo dunění malých koleček
Und da ertönten viele Stimmen
a ozvalo se mnoho hlasů
Alle Stimmen sprachen miteinander
Všechny hlasy mluvily spolu
Sie konnte einige der Worte verstehen
Dokázala rozeznat některá slova
"Wo ist die andere Leiter?"
"Kde je ten druhý žebřík?"
"Bill hat die andere Leiter"
"Bill má ten druhý žebřík"
"Bill, komm her!"
"Bille, pojď sem!"
"Wird das Dach die Last tragen?"
"Unese střecha tu zátěž?"
"Wer will schon den Schornstein hinuntergehen?"
"Kdo chce jít komínem?"
»Nein, das werde ich nicht! Du machst es!"
"Ne, nebudu! Ty to dokážeš!"
»Hier, Bill!«

"Tady, Bille!"
"Der Meister sagt, du musst in den Schornstein hinunter!"
"Mistr říká, že musíš jít dolů komínem!"
Alice zog ihren Fuß so weit den Schornstein hinab, wie sie konnte
Alenka stáhla nohu komínem tak daleko, jak jen mohla
Und dann wartete sie, was kommen würde
a pak čekala, co přijde
Sie hörte ein kleines Tier kratzen und krabbeln
Slyšela, jak se malé zvíře škrábe a škrábe
Das Tierchen muss sich im Schornstein befinden
To zvířátko musí být v komíně
dann gab sie einen scharfen Tritt
Pak prudce kopla
Und sie wartete ab, was als nächstes geschehen würde
a čekala, co se bude dít dál
Sie hörte einen allgemeinen Chor von Stimmen
Slyšela všeobecný chór hlasů
"Da geht Bill!", sagten alle
"Támhle jde Vaněk!" řekli všichni
Dann hörte sie allein die Stimme des Kaninchens
Pak uslyšela jen zajícův hlas
"Du an der Hecke, fang ihn!"
"Vy u plotu, chyťte ho!"
Es trat wieder ein Augenblick des Schweigens ein
Nastala další chvíle ticha
Und dann gab es wieder ein Stimmengewirr
a pak nastal další zmatek hlasů
"Halt seinen Kopf hoch, Brandy"
"Zvedni mu hlavu, Brandy"
"Pass auf, dass du ihn nicht würgst"
"Dávej pozor, abys ho neudusil"
"Was ist mit dir passiert?"
"Co se s tebou stalo?"
Zuletzt kam eine kleine, schwache, quietschende Stimme
Nakonec se ozval slabý, skřípavý hlásek
"Nun, ich weiß es kaum mehr"

"No, já už skoro nic nevím."
"Danke euch allen, mir geht es jetzt besser"
"děkuji vám všem, už je mi lépe"
"Es gibt eine Sache, an die ich mich erinnern kann"
"je jedna věc, kterou si pamatuji"
"Irgendetwas kommt auf mich zu wie ein Zug im Tunnel"
"Něco na mě přijde jako vlak v tunelu"
"Und ich fliege hoch wie eine Rakete!"
"a já letím vzhůru jako nebeská raketa!"
Es gab ein oder zwei Minuten des Schweigens
Následovala minuta nebo dvě ticha
Und dann fingen sie wieder an, sich zu bewegen
a pak se zase dali do pohybu
und Alice hörte das Kaninchen wieder sprechen
a Alenka slyšela opět Králíka mluvit
"Ein Karren voll reicht für den Anfang"
"Pro začátek bude stačit plný vozík"
"Einen Karren voll wovon?" dachte Alice
"Plnou mohylu čeho?" pomyslila si Alenka
Aber sie wurde nicht lange in Atem gehalten
Nebyla však dlouho udržována v napětí
**Ein Regen von kleinen Kieselsteinen drang durch das
Fenster**
oknem pronikla sprška malých oblázků
und einige der kleinen Kieselsteine trafen sie im Gesicht
a několik malých oblázků ji udeřilo do tváře
Alice wunderte sich über die kleinen Kieselsteine
Alenka byla překvapena malými oblázky
all die kleinen Kieselsteine verwandelten sich in Kuchen
Všechny ty malé oblázky se měnily v koláče
und eine glänzende Idee kam ihr in den Kopf
a v hlavě se jí zrodil skvělý nápad
"Einen von diesen Kuchen sollte ich essen"
"Měl bych sníst jeden z těchto koláčů"
"Der Kuchen wird sicher etwas an meiner Größe ändern"
"dort určitě udělá nějakou změnu v mé velikosti"
Also schluckte sie einen der Kuchen

A tak jeden z koláčů spolkla
und sie freute sich, als sie feststellte, dass sie anfing zu schrumpfen
a byla potěšena, když zjistila, že se začíná zmenšovat
Bald war sie klein genug, um durch die Tür zu kommen
brzy byla dost malá, aby prošla dveřmi
Sie rannte aus dem Haus
Vyběhla z domu
Draußen wartete eine Menge kleiner Tiere und Vögel
Venku čekal dav malých zvířat a ptáků
alle kleinen Vögel und Tiere stürzten sich auf Alice
všichni ptáčci a zvířátka se na Alenku vrhli
aber sie rannte davon, so schnell sie konnte
ale utíkala, jak nejrychleji mohla,
und bald fand sie sich sicher in einem dichten Walde
a brzy se ocitla v bezpečí v hustém lese
Alice irrte im Walde umher
Alenka se toulala lesem
Und sie dachte bei sich:
a pomyslila si:
"Ich weiß, was ich zuerst zu tun habe"
"Vím, co musím udělat jako první"
"erst muss ich wieder auf meine richtige Größe wachsen"
"nejprve musím znovu vyrůst do své správné velikosti"
"Und dann muss ich den Weg in diesen schönen Garten finden"
"a pak musím najít cestu do té krásné zahrady"
"Ich glaube, ich sollte irgendetwas essen oder trinken"
"Předpokládám, že bych měl něco sníst nebo vypít"
"Aber die Frage ist, was soll ich essen oder trinken?"
"Otázkou ale je, co mám jíst a pít?"
Alice blickte sich um und betrachtete die Blumen
Alenka se rozhlédla kolem sebe po květinách
Und sie schaute durch die Grashalme hindurch
a dívala se skrz stébla trávy
aber sie konnte nichts zu essen und zu trinken sehen
ale neviděla nic, co by mohla jíst nebo pít

Nichts sah nach dem Richtigen zum Essen oder Trinken aus
Nic nevypadalo jako správná věc k jídlu nebo pití
In ihrer Nähe wuchs ein großer Pilz
Poblíž ní rostla velká houba
der Pilz war ungefähr so groß wie Alice
houba byla přibližně stejně vysoká jako Alenka
Sie streckte sich auf den Zehenspitzen auf
Protáhla se na špičkách
Und sie guckte über den Rand des Pilzes
a vykoukla přes okraj hřibu
Ihre Augen trafen sofort die Augen einer großen blauen Raupe
Její oči se okamžitě setkaly s očima velké modré housenky
Die Raupe saß auf der Spitze des Pilzes
Housenka seděla na vrcholu houby
und die Raupe hatte alle Arme gekreuzt
a housenka mu zkřížila všechny ruce
Und er rauchte leise eine lange Wasserpfeife
a tiše kouřil dlouhou vodní dýmku
und er nahm nicht die geringste Notiz von irgendetwas
a ničeho si nevšímal ani v nejmenším
und er achtete gewiß nicht auf Alice
a rozhodně nevěnoval pozornost Alici

Ratschläge von einer Raupe
Rada od housenky

Endlich nahm die Raupe die Shisha aus dem Maul
Konečně vyndala housenka dýmku z tlamy
und er redete Alice mit einer trägen, schläfrigen Stimme an
a obrátil se k Alence malátným, ospalým hlasem
"Wer bist du?" fragte die Raupe
"Kdo jsi?" zeptala se housenka

Alice antwortete etwas schüchtern: "Ich weiß es kaum, Sir."
Alenka odpověděla poněkud ostýchavě: "Ani nevím, pane."
"Gerade im Moment ist alles ein bisschen..."
"V tuto chvíli je to všechno trochu..."
"Ich weiß, wer ich war, als ich heute Morgen aufgestanden bin."
"Vím, kdo jsem byl, když jsem dnes ráno vstal."
"aber ich glaube, ich muss mich seitdem mehrmals verändert haben"
"ale myslím, že jsem se od té doby musel několikrát změnit"
"Was meinst du damit?" sagte die Raupe
"Co tím myslíte?" řekla housenka

Streng forderte die Raupe sie auf, sich zu erklären
Housenka ji přísně požádala, aby to vysvětlila
»Ich kann mich nicht erklären, fürchte ich, Sir«, sagte Alice
"Obávám se, že si to nedovedu vysvětlit, pane," řekla Alenka
"weil ich nicht ich selbst bin"
"protože nejsem sama sebou"
"Du siehst, es ist sehr verwirrend, so viele verschiedene Größen an einem Tag zu haben"
"Víte, mít tolik různých velikostí za den je velmi matoucí"
Sie raffte sich auf und sagte sehr ernst:
Vstala a řekla velmi vážně:
"Ich denke, du solltest mir zuerst sagen, wer du bist"
"Myslím, že bys mi měl nejdřív říct, kdo jsi."
"Warum?" fragte die Raupe
"Proč?" řekla housenka
Alice fiel kein guter Grund ein
Alenka nemohla vymyslet žádný dobrý důvod
und die Raupe schien sich in einem sehr unangenehmen Gemütszustand zu befinden
a Housenka se zdála být ve velmi nepříjemném duševním rozpoložení
also wandte sie sich ab
tak se otočila
"Komm zurück!" rief ihr die Raupe nach
"Vraťte se!" zavolala za ní housenka
"Ich habe etwas Wichtiges zu sagen!"
"Musím ti říct něco důležitého!"
Alice drehte sich um und kam wieder zurück
Alenka se otočila a opět se vrátila
"Behalte die Fassung!" sagte die Raupe
"Zachovejte si chladnou hlavu," řekla housenka
»Ist das alles?« fragte Alice
"To je všechno?" řekla Alenka
und sie schluckte ihren Zorn hinunter, so gut sie konnte
a spolkla svůj hněv, jak nejlépe dovedla
"Nein!" sagte die Raupe
"Ne," řekla housenka

Die Raupe breitete ihre Arme aus
Housenka rozpřáhla ruce
Und er nahm die Shisha wieder aus dem Mund
a opět vytáhl dýmku z úst
Und er sagte: "Du glaubst also, du bist verändert, oder?"
a on řekl: "Takže si myslíte, že jste se změnil, že?"
»Ich fürchte, ich bin verändert, Sir,« sagte Alice
"Obávám se, že jsem se změnila, pane," řekla Alenka
"Ich kann mich nicht mehr so an Dinge erinnern, wie ich sie früher in Erinnerung hatte"
"Nepamatuji si věci tak, jak jsem si je pamatovala"
"Und ich bleibe nicht länger als zehn Minuten gleich groß!"
"a já nezůstávám ve stejné velikosti déle než deset minut!"
"Wie groß willst du sein?" fragte die Raupe
"Jakou velikost chcete mít?" zeptala se housenka
»Oh, es ist mir nicht besonders wichtig, wie groß ich bin«, erwiderte Alice hastig
"Ó, mně vůbec nezáleží na tom, jaká jsem velká," odvětila Alenka spěšně
"Ich mag es einfach nicht, so oft die Größe zu wechseln, weißt du"
"Prostě nerada měním velikost tak často, víš"
"Ich würde gerne etwas größer sein, Sir"
"Chtěl bych být trochu větší, pane."
»wenn es dir nichts ausmacht,« fügte Alice hinzu
"Kdyby vám to nevadilo," dodala Alenka
"Zehn Zentimeter sind so eine erbärmliche Größe"
"Deset centimetrů je tak ubohá výška"
"Das ist wirklich eine sehr gute Höhe!" sagte die Raupe ärgerlich
"To je opravdu velmi dobrá výška!" řekla housenka hněvivě
und er richtete sich auf, während er sprach
a vzpřímil se, když mluvil
Er war genau zehn Zentimeter groß
Byl vysoký přesně deset centimetrů
In ein oder zwei Minuten war die Raupe vom Pilz heruntergekommen

Za minutu nebo dvě housenka slezla z houby
und er kroch ins Gras
a odplazil se do trávy
Als er sich entfernte, machte er einige kleine Bemerkungen
Když odcházel, pronesl několik drobných poznámek
"Eine Seite lässt dich größer werden"
"Díky jedné straně vyrostete"
"Und die andere Seite wird dich kleiner werden lassen"
"a druhá strana tě zkrátí"
"Eine Seite wovon?" dachte Alice bei sich
"Z jedné strany čeho?" pomyslila si Alenka pro sebe
"Die andere Seite von was?"
"Na druhé straně čeho?"
"Die Seite des Pilzes!" sagte die Raupe
"Ta strana hřibu," řekla Housenka
Es war, als hätte sie ihre Frage laut gestellt
Bylo to, jako by svou otázku položila nahlas
und im nächsten Augenblick war er außer Sichtweite
a v dalším okamžiku zmizel z dohledu
Alice blieb stehen und betrachtete den Pilz nachdenklich
Alenka zůstala zamyšleněhle na houbu
Sie versuchte herauszufinden, welche die beiden Seiten des Pilzes waren
Snažila se rozeznat, které jsou ty dvě strany houby
Endlich streckte sie ihre Arme um den Pilz
Konečně vztáhla ruce kolem houby
und sie brach ein Stück der Ränder ab
a ulomila trochu hran
»Und nun, welche Seite ist welche?« fragte sie sich
"A teď, která strana je která?" řekla si pro sebe
und sie knabberte ein wenig von dem Stück der rechten Hand
a ona si ukousla trochu z kousku pravé ruky
Im nächsten Augenblick spürte sie einen heftigen Schlag unter ihrem Kinn
V příštím okamžiku ucítila prudký úder pod bradou
Ihr Kinn hatte ihren Fuß getroffen!

Její brada se dotkla nohy!
Sie war sehr erschrocken über diese sehr plötzliche Veränderung
Byla velmi vyděšena tou náhlou změnou
Sie schrumpfte sehr schnell
velmi rychle se zmenšovala
Also aß sie schnell etwas von dem anderen Stück Pilz
Tak rychle snědla trochu té další houby
Ihr Kinn war sehr eng gegen ihren Fuß gepresst
Bradu měla přitisknutou velmi těsně k noze
Es war kaum Platz, um den Mund aufzumachen
nebylo tam skoro dost místa, aby otevřela ústa
aber schließlich gelang es ihr, den Mund aufzumachen
Konečně se jí však podařilo otevřít ústa
und sie schluckte einen Bissen von dem linken Stück
a spolkla sousto levého kousku
»mein Kopf ist endlich frei!« sagte Alice
"Konečně mám volnou hlavu!" řekla Alenka
Sie blickte an sich herunter
Podívala se na sebe
aber alles, was sie sehen konnte, war ein ungeheurer Hals
ale viděla jen nesmírně dlouhý krk
Ihr Hals schien sich wie ein Stiel zu erheben
její krk jako by se zvedal jako stéblo
Und sie blickte auf ein Meer von grünen Blättern hinab
a dívala se dolů na moře zeleného listí
"Wo sind meine Schultern geblieben?"
"Kam se poděla moje ramena?"
»Und ach, meine armen Hände, wie kommt es, daß ich euch nicht sehen kann?«
"A ach, moje ubohé ruce, jak to, že vás nevidím?"
Aber ihr Hals hatte einen Vorteil
Ale její krk měl jednu výhodu
Sie konnte ihren Kopf in jede Richtung bewegen
Mohla pohybovat hlavou libovolným směrem
Tatsächlich war sie wie eine Schlange
Ve skutečnosti byla jako had

Sie senkte anmutig ihren Kopf im Zickzack
Ladně sklopila hlavu dolů
Und sie bewegte ihren Kopf durch die Bäume
a pohybovala hlavou mezi stromy
Aber dann hörte sie ein scharfes Zischen
ale pak uslyšela ostré zasyčení
Und sie zog schnell den Kopf zurück
a rychle zaklonila hlavu
Eine große Taube war ihr ins Gesicht geflogen
Velký holub jí vletěl do obličeje
und die Taube fuhr mit den Flügeln heftig zusammen
a holub prudce zasahoval křídly

»Schlange!« rief die Taube
"Hade!" vykřikl holub
"Ich bin keine Schlange!" sagte Alice entrüstet
"Já nejsem had!" řekla Alenka rozhořčeně
"Laß mich in Ruhe!"

"Nech mě na pokoji!"
"Ich habe die Wurzeln von Bäumen ausprobiert"
"Vyzkoušel jsem kořeny stromů"
"Und ich habe es mit Hecken versucht", fuhr die Taube fort
"A zkoušel jsem křoviny," pokračoval holub
»Aber diese Schlangen! Man kann es ihnen nicht recht machen!"
"Ale ti hadi! Nelze je potěšit!"
Alice war immer verwirrter
Alenka byla stále více a více zmatena
"Als ob es nicht schon Mühe genug wäre, die Eier auszubrüten!" sagte die Taube
"Jako by to nestačilo s líhnutím vajec," řekl holub
"Tag und Nacht muss ich mich auch vor Schlangen in Acht nehmen!"
"ve dne v noci musím dávat pozor i na hady!"
"Ich hatte gerade den höchsten Baum im Wald gefunden"
"Právě jsem našel nejvyšší strom v lese"
"Wäre ich hier sicher frei von Schlangen?"
"Určitě bych tu byl bez hadů?"
"Und heraus kommt eine Schlange vom Himmel!"
"A z nebe vychází had!"
"Aber ich bin keine Schlange, sage ich dir!" sagte Alice
"Ale já nejsem had, to vám říkám!" řekla Alenka
"Ich bin ein... Ich bin ein... Ich bin ein kleines Mädchen«, fügte sie etwas zweifelnd hinzu
"Jsem... Jsem... Jsem malá holka," dodala trochu pochybovačně
Schließlich hatte sie viele Veränderungen durchgemacht
Koneckonců prošla mnoha změnami
"Du suchst Eier!" sagte die Taube
"Hledáte vejce," řekl holub
"Das weiß ich mit Sicherheit"
"Vím to jako fakt"
"Und was macht es aus, ob du ein kleines Mädchen oder eine Schlange bist?"
"A co záleží na tom, jestli jsi holčička nebo had?"
»Es liegt mir sehr viel daran,« sagte Alice hastig

"Na tom mi velmi záleží," řekla Alenka spěšně
**"Aber ich bin nicht auf der Suche nach Eiern, wie es der
Zufall will"**
"ale já nehledám vajíčka, jak se to stává"
"Und ich würde deine Eier sowieso nicht wollen"
"a stejně bych nechtěl vaše vajíčka"
"Ich mag meine Eier nicht roh"
"Nemám rád svá vejce syrová"
»Nun, dann fort!« sagte die Taube in mürrischem Tone
"Tak tedy jděte!" řekl holub mrzutým hlasem
und die Taube ließ sich wieder in ihrem Nest nieder
a holub se opět usadil ve svém hnízdě
Alice kauerte sich zwischen die Bäume, so gut sie konnte
Alenka se shýbala mezi stromy, jak nejlépe dovedla
Ihr Hals verfing sich immer wieder zwischen den Ästen
krk se jí stále zaplétal do větví
**Hin und wieder musste sie anhalten und ihren Hals
aufdrehen**
Tu a tam se musela zastavit a rozmotat si krk
Nach einer Weile erinnerte sie sich an den Pilz
Po chvíli si na houbu vzpomněla
Sie hielt die Pilzstücke noch immer in ihren Händen
Stále držela v rukou kousky houby
Und sie machte sich sehr vorsichtig an die Arbeit
a pustila se do práce velmi pečlivě
Zuerst knabberte sie an einem Stück
Nejprve uždibovala jeden kus
Und dann knabberte sie an dem anderen Stück
a pak se zakousla do druhého kousku
Manchmal wurde sie größer
někdy vyrostla
und manchmal wurde sie kleiner
a někdy se zkracovala
Aber schließlich erreichte sie ihre übliche Größe
Nakonec však dosáhla své obvyklé výšky
**Sie war schon seit einiger Zeit nicht mehr so groß wie sie
selbst**

už nějakou dobu nebyla sama sobě vysoká

So fühlte sich alles eine Zeit lang seltsam an

Takže všechno mi na chvíli připadalo divné

"Das nächste, was zu tun ist, ist, in diesen schönen Garten zu gehen"

"Další věc, kterou musíte udělat, je dostat se do té krásné zahrady"

»wie soll man das machen?«

"Zajímalo by mě, jak se to má udělat?"

Während sie dies sagte, stieß sie auf einen offenen Platz

Jak to dořekla, došla na volné prostranství

Da war ein kleines Haus, etwas höher als einen Meter

Byl tam malý domek, o něco vyšší než metr

"Ich frage mich, wer in diesem kleinen Haus wohnt"

"Zajímalo by mě, kdo žije v tomto malém domku"

"So groß wie ich bin, kann ich sicher nicht reingehen"

"Určitě nemůžu jít do toho tak velká, jak jsem"

"Ich würde sie fürchterlich erschrecken!"

"Strašně bych je vyděsil!"

Also knabberte sie wieder an dem kleinen Pilz

Tak si tu houbičku znovu ukousla

Und bald brachte sie sich dreißig Zentimeter tief

a brzy se srazila o třicet centimetrů

Ein Schwein und etwas Pfeffer
Prase a trochu pepře

Ein oder zwei Minuten lang stand sie da und betrachtete das Haus
Minutu nebo dvě stála a dívala se na dům
Plötzlich kam ein Lakai aus dem Walde gerannt
Náhle vyběhl z lesa lokaj
Er trug eine spezielle Livree-Uniform
Měl na sobě speciální livrejovou uniformu
Seinem Gesicht nach zu urteilen, hätte sie ihn einen Fisch genannt
soudě jen podle jeho tváře, byla by ho nazvala rybou
und er klopfte laut mit den Fingerknöcheln an die Tür
a hlasitě zaklepal klouby prstů na dveře
Die Tür wurde von einem anderen Lakaien geöffnet
Dveře otevřel další lokaj
Auch dieser Lakai trug eine besondere Livree
I tento lokaj měl na sobě speciální livrej
Dieser Lakai hatte ein rundes Gesicht und große Augen wie ein Frosch
Tento lokaj měl kulatý obličej a velké oči jako žába

Der Lakai, der wie ein Fisch aussah, leitete die Zeremonie
ein
Lokaj, který vypadal jako ryba, zahájil obřad
Er zog etwas unter seinem Arm hervor
Vytáhl něco zpod paže
Und er zog unter seinem Arm einen Umschlag hervor
a vytáhl zpod paže obálku
und diesen Umschlag übergab er dem andern Lakaien
a tuto obálku předal druhému lokajovi
In zeremoniellem Tone teilte er ihm die Befehle mit
Obřadným tónem mu sdělil rozkazy
"Diese Botschaft ist für die Herzogin"
"Tato zpráva je pro vévodkyni"
"Eine Einladung der Königin zum Krocketspielen"
"Pozvání od královny ke hře kroketu"
Der Lakai, der wie ein Frosch aussah, wiederholte den
Befehl
Lokaj, který vypadal jako žába, zopakoval rozkaz
"Von der Königin"
"Od královny"
"Eine Einladung"
"pozvánka"
"für die Herzogin"
"pro vévodkyni"
"Krocket spielen"
"Hraní kroketu"
Dann verbeugten sie sich beide tief
Pak se oba hluboce uklonili
und die Locken in ihren Perücken verwickelten sich
ineinander
a kudrlinky v jejich parukách se zapletly do
Bald war der Lakai, der wie ein Fisch aussah, verschwunden
Lokaj, který vypadal jako ryba, brzy zmizel
Aber der Lakai, der wie ein Frosch aussah, war immer noch
da
ale lokaj, který vypadal jako žába, tam stále byl
Er saß auf dem Boden in der Nähe der Tür

Seděl na zemi u dveří
Er starrte dumm in den Himmel
hloupě zíral na oblohu
Alice ging schüchtern zur Tür und klopfte
Alenka přistoupila nesměle ke dveřím a zaklepala
»Es hat keinen Zweck, anzuklopfen,« sagte der Lakai
"Klepat nemá smysl," řekl lokaj
"Und das aus zwei Gründen"
"A to ze dvou důvodů"
"Erstens, weil ich auf der gleichen Seite der Tür stehe wie du"
"Za prvé proto, že jsem na stejné straně dveří jako ty"
"Zweitens, weil sie drinnen so viel Lärm machen"
"Za druhé, protože uvnitř dělají tolik hluku"
"Niemand könnte dich hören"
"Nikdo vás nemohl slyšet"
Und es war gewiß ein höchst merkwürdiger Lärm im Innern
A uvnitř se skutečně odehrával neobyčejný hluk
ein ständiges Heulen und Niesen
Neustálé kvílení a kýchání
und ab und zu ein Geräusch von großem Krachen
a tu a tam se ozval zvuk velkého třesku
als ob eine Schüssel oder ein Wasserkocher in Stücke zerbrochen wäre
jako by se nádobí nebo konvice rozbily na kusy
"Wie soll ich da reinkommen?" fragte Alice
"Jak se dostanu dovnitř?" zeptala se Alenka
»Wollen Sie überhaupt hineinkommen?« fragte der Lakai
"Měl byste se vůbec dostat dovnitř?" zeptal se lokaj
"Das ist die erste Frage, weißt du"
"To je první otázka, víš"
Alice öffnete die Tür und trat ein
Alenka otevřela dveře a vešla dovnitř
Die Tür führte direkt in eine große Küche
Dveře vedly přímo do velké kuchyně
Die Küche war von einem Ende bis zum anderen voller Rauch

Kuchyně byla plná kouře z jednoho konce na druhý
in der Mitte der Küche saß die Herzogin
uprostřed kuchyně stála vévodkyně
Sie saß auf einem dreibeinigen Hocker
Seděla na třínohé stoličce
und sie stillte ein Baby
a ona kojila dítě
Die Köchin beugte sich über das Feuer
Kuchařka se naklánĕla nad ohněm
Er rührte einen großen Kessel
míchal velký kotel
und der Kessel schien mit Suppe gefüllt zu sein
a zdálo se, že kotel je plný polévky
"Da ist sicher zu viel Pfeffer drin!" sagte Alice zu sich selbst
"V té polévce je určitě příliš mnoho pepře!" řekla si Alenka pro
sebe
Sie sagte es, so gut sie konnte, ohne zu niesen
Řekla to, jak nejlépe uměla, aniž by kýchla
Sogar die Herzogin nieste gelegentlich
Dokonce i vévodkyně občas kýchla
**Aber die Handlungen des Babys waren am
bemerkenswertesten**
Ale počínání dítěte bylo nejpozoruhodnější
Das Baby nieste und heulte abwechselnd
Dítě střídavě kýchalo a vylo
**Es gab keinen Augenblick Pause zwischen Heulen und
Niesen**
Mezi vytím a kýchnutím nebyla ani chvilka pauzy
Es gab zwei Kreaturen in der Küche, die nicht niesten
V kuchyni byla dvě stvoření, která nekýchala
Die Köchin war zu beschäftigt, um zu niesen
Kuchař byl příliš zaneprázdněn, než aby kýchl
**Und die große Katze schien sich nicht an dem Pfeffer zu
stören**
a velké kočce zřejmě pepř nevadil
**Stattdessen grinste die große Katze von einem Ohr zum
anderen**

Místo toho se velká kočka usmívala od ucha k uchu
»Bitte, würdest du es mir sagen,« sagte Alice ein wenig schüchtern
"Řekla byste mi, prosím," řekla Alenka trochu ostýchavě
"Warum grinst deine Katze so?"
"Proč se tvoje kočka tak šklebí?"
»Es ist eine Cheshire-Katze,« sagte die Herzogin
"Je to kočka Šklíba," řekla vévodkyně
"Und deshalb grinst er von Ohr zu Ohr"
"A to je důvod, proč se usmívá od ucha k uchu"
"Ich wusste nicht, dass eine Cheshire-Katze immer grinst"
"Nevěděl jsem, že se Šklíbská kočka vždycky usmívá"
**"Eigentlich wusste ich nicht, dass Katzen grinsen können",
sagte Alice**
"Vlastně jsem nevěděla, že se kočky mohou šklebit," řekla
Alice
»Es gibt vieles, was Sie nicht wissen,« sagte die Herzogin
"je toho hodně, co nevíte," řekla Vévodkyně.
**"Es gibt vieles, was man nicht weiß, und das ist eine
Tatsache"**
"Je toho hodně, co nevíte, a to je fakt"
**In diesem Augenblick nahm die Köchin den Kessel mit der
Suppe vom Feuer**
V tu chvíli kuchař sundal z ohně kotlík s polévkou
Und sogleich fing sie an, alles in ihre Reichweite zu werfen
a okamžitě začala házet všechno, co jí přišlo do ruky
**sie warf alles, was sie konnte, auf die Herzogin und das
Baby**
házela na vévodkyni a děťátko všechno, co mohla.
Zuerst warf sie die Feuereisen
Nejdřív hodila ohnivá železa
Dann warf sie eine Handvoll Töpfe
Pak hodila hrst hrnců
und schließlich warf sie die Teller und Schüsseln
a nakonec házela talíře a nádobí
Die Herzogin nahm keine Notiz von ihr
Vévodkyněsi si jí nevšímala

Selbst als sie von einem Teller getroffen wurde, machte sie sich keine Sorgen
i když ji zasáhl talíř, nedělala si starosti
Das Baby heulte schon so viel
Dítě už tak moc vylo
Es war also unmöglich zu sagen, ob die Schläge das Baby verletzt haben oder nicht
takže se nedalo říct, jestli ty rány miminko bolely nebo ne
"Oh, gib bitte acht, was du tust!" rief Alice
"Ach, prosím vás, dávejte pozor, co děláte!" zvolala Alenka
und sie sprang in Todesangst des Entsetzens auf und ab
a poskakovala nahoru a dolů v agónii hrůzy
die Herzogin bot Alice das Baby an
Vévodkyně nabídla Alici děťátko
»Hier! Du kannst das Kind ein wenig stillen, wenn du willst!«
"Tady! Můžeš to dítě trochu nakojit, jestli chceš!"
Und sie schleuderte das Kind nach ihr, während sie sprach
a mrštila po sobě dítětem, když mluvila
"Ich muss gehen und mich darauf vorbereiten, mit der Königin Krocket zu spielen"
"Musím jít a připravit se na hru kroketu s královnou"
und sie eilte aus dem Zimmer
a vyběhla z pokoje
Alice fing das Baby mit einiger Mühe auf
Alice chytila mládě s jistými obtížemi
weil es ein sehr seltsam geformtes kleines Wesen war
protože to bylo velmi podivně tvarované malé stvoření
Und das Kind streckte seine Arme und Beine nach allen Richtungen aus
a dítě natáhlo ruce a nohy na všechny strany
"Das Kind nehme ich lieber mit!" dachte Alice
"Raději vezmu toto dítě s sebou," pomyslila si Alenka
"Sie werden dieses Baby sicher in ein oder zwei Tagen töten"
"Určitě to dítě zabijí za den nebo dva"
"Wäre es nicht Mord, dieses Baby zurückzulassen?"

"Nebyla by to vražda nechat tohle dítě doma?"
Sie sprach die letzten Worte laut aus
Poslední slova řekla nahlas
Und das kleine Ding grunzte als Antwort
a to malé stvořeníčko zabručelo v odpověď
**"Du verwandelst dich am besten nicht in ein Schwein,
meine Liebe!" sagte Alice**
"Raději se neměň ve vepříka, má drahá," řekla Alenka
"sonst habe ich nichts mehr mit dir zu tun"
"Jinak s tebou už nebudu mít nic společného."
Alice fing eben an, bei sich selbst zu denken:
Alenka se právězačínala domnívati:
**»Nun, was soll ich mit diesem Geschöpf anfangen, wenn ich
es nach Hause bringe?«**
"A co si počnu s tím tvorem, až ho dostanu domů?"
Aber dann grunzte das kleine Geschöpf ein wenig heftig
ale pak stvořeníčko trochu prudce zavrčelo
und Alice sah ihm erschrocken ins Gesicht
a Alenka pohlédla mu do tváře s jistým znepokojením
Diesmal konnte es keinen Irrtum geben
Tentokrát se nemohlo mýlit
Es war nicht mehr und nicht weniger als ein Schwein
nebylo to nic víc ani míň než prase
Da setzte sie das kleine Geschöpf ab
A tak stvořeníčko položila na zem
und das kleine Geschöpf trabte leise in den Wald hinein
a stvořeníčko tiše odklusalo do lesa
**Alice war ziemlich erleichtert, als sie die Kreatur
verschwinden sah**
Alence se velmi ulevilo, když viděla stvůrce odcházet
Alice erschrak ein wenig, als sie die Cheshire-Katze sah
Alenka sebou trochu polekala, když spatřila Kašmírskou
kočku
Er saß auf einem Ast eines Baumes, ein paar Meter entfernt
Seděl na větvi stromu pár metrů od něj
Die Katze grinste nur, als sie sie sah
Kočka se jen usmála, když ji uviděla

»Cheshire-Katze,« begann Alice etwas schüchtern
"Šklíbská kočka," začala Alenka poněkud ostýchavě
»Würden Sie mir bitte sagen, welchen Weg ich von hier aus
einschlagen soll?«
"Mohl byste mi prosím říci, kudy mám odsud jít?"
"In diese Richtung", sagte die Katze
"Tímhle směrem," řekla kočka
Und er fuchtelte mit der rechten Pfote herum
a mávl pravou tlapkou kolem sebe
"In dieser Richtung lebt ein Hutmacher"
"V tomto směru žije výrobce klobouků"
Und dann winkte die Katze mit der anderen Pfote
a pak kočka mávla druhou tlapkou
"Und in dieser Richtung wohnt ein Märzhase"
"A v tom směru žije zajíc pochodový"
»Besuchen Sie, wen Sie wollen; Sie sind beide verrückt"
"Navštivte, co chcete; Oba jsou šílení."
»Aber ich will nicht unter Verrückte gehen«, bemerkte Alice
"Ale já nechci jít mezi šílené lidi," poznamenala Alenka
"Ach, dafür kannst du nicht helfen!" sagte die Katze
"Ó, s tím si nemůžete pomoci," řekla Kočka
"Wir sind alle verrückt hier"
"Všichni jsme tu šílení"
"Spielst du heute Krocket mit der Queen?"
"Hrajete dnes kroket s královnou?"
"Das würde ich sehr gerne!" sagte Alice
"Velmi ráda bych," řekla Alice
"aber ich bin noch nicht eingeladen worden"
"ale ještě jsem nebyl pozván"
"Du wirst mich dort sehen!" sagte die Katze
"Tam mě uvidíte," řekla Kocour
Und von einem Augenblick auf den anderen verschwand
die Katze
a kočka z jednoho okamžiku na druhý mizela
bald kam Alice in Sichtweite des Hauses des Märzhasen
brzy se Alenka dostala na dohled domečku zajíce březňáka
Das war ein sehr großes Haus

Byl to velmi velký dům
Alice wollte also nicht in die Nähe des Hauses gehen
-Alenka se tedy nechtěla přibližovat k domu
**Zuerst musste sie noch etwas von dem linken Stück Pilz
knabbern**
Nejdřív musela ukousnout ještě kousek houby na levé straně

Eine verrückte Teeparty
Šílený čajový dýchánek
Vor dem Haus stand ein Baum
Před domem stál strom
Und unter dem Baum stand ein Tisch
a pod stromem byl stůl
und der Tisch war mit allerlei Besteck gedeckt
a stůl byl prostřen všelijakými příbory
Der Märzhase und der Hutmacher saßen bei Tisch
Zajíc březňák a kloboučník seděli u stolu
und zusammen tranken sie Tee
a společně popíjeli čaj
Ein Siebenschläfer saß zwischen ihnen
Mezi nimi seděl plch
und der Siebenschläfer schlief fest
a Plch tvrdě spal
Der Tisch war von außergewöhnlicher Größe
Stůl byl mimořádně velký
Aber der größte Teil des Tisches war unbesetzt
ale většina stolu byla neobsazená
Sie saßen dicht gedrängt an einer Ecke des Tisches
seděli namačkáni v jednom rohu stolu
und doch entschuldigten sie sich, als sie Alice sahen
a přece se vymlouvali, když viděli Alenku
»Kein Platz! Kein Platz!« schrien sie
"Není místo! Žádné místo!" křičeli
»Es ist viel Platz!« sagte Alice entrüstet
"Místa je tu dost!" řekla Alenka rozhořčeně
An einem Ende des Tisches stand ein großer Sessel
Na jednom konci stolu stálo velké křeslo
und Alice setzte sich in den Sessel
a Alenka se posadila do křesla
Der Hutmacher riss die Augen weit auf
kloboučník otevřel oči dokořán
Er konnte nicht glauben, was er da sah
nemohl uvěřit tomu, co vidí
aber sein Geist war neugierig auf andere Dinge

ale jeho mysl byla zvědavá na jiné věci
»Warum ist ein Rabe wie ein Schreibtisch?«
"Proč je havran jako psací stůl?"
Alice war offen für die Herausforderung
Alice byla této výzvě otevřená
"Ich bin froh, dass sie angefangen haben, Rätsel zu stellen"
"Jsem rád, že se začali ptát na hádanky"
»Ich glaube, das kann ich erraten«, fügte sie laut hinzu
"To věřím, že dokážu odhadnout," dodala nahlas
Der Märzhase wurde neugierig auf Alice
Zajíc březňák se začal zajímat o Alenku
"Glaubst du wirklich, dass du die Antwort finden kannst?"
"Opravdu si myslíš, že dokážeš najít odpověď?"
»Ich glaube, ich kann die Antwort finden,« sagte Alice
"Myslím, že opravdu najdu odpověď," řekla Alenka
**»Dann sollst du sagen, was du meinst,« fuhr der Märzhase
fort**
"Tak to bys měl říct, co si myslíš," pokračoval zajíc pochodový
»Ich sage, was ich meine,« erwiderte Alice hastig
"Říkám, co mám na mysli," odpověděla Alenka spěšně
"Zumindest meine ich ernst, was ich sage"
"přinejmenším myslím vážně to, co říkám"
"Das ist dasselbe, weißt du"
"To je to samé, víš"
Auch der Siebenschläfer trug zu dem Gespräch bei
Do konverzace přispěl i plch
Aber der Siebenschläfer schien im Schlaf zu sprechen
ale Plch se zdál mluviti ze spaní
"Ich atme, wenn ich schlafe"
"Dýchám, když spím"
"Ich schlafe, wenn ich atme!"
"Spím, když dýchám!"
"Man könnte genauso gut sagen, dass sie auch gleich sind"
"To bys mohl říct, že jsou taky stejní."
"So ist es auch bei dir!" sagte der Hutmacher
"S vámi je to stejné," řekl kloboučník
und er goß ein wenig Tee über die Nase des Siebenschläfers

a nalil plchu na nos trochu čaje
Das Murmelthier schüttelte ungeduldig den Kopf
Sedmispánetrpělivězavrtěl hlavou
Und wieder sprach das Murmelmaus, ohne die Augen zu öffnen
A opět promluvil Plch, aniž otevřel oči
"Natürlich, natürlich ist es dasselbe"
"Samozřejmě, samozřejmě, že je to stejné."
"Das wollte ich ja auch sagen"
"to jsem chtěl říct sám"

Der Hutmacher wandte sich an Alice und stellte eine weitere Frage
Kloboučník se obrátil k Alence a položil další otázku
"Hast du das Rätsel schon erraten?"
"Už jste uhodl tu hádanku?"
"Nein, ich gebe auf", gab Alice zu
"Ne, vzdávám to," připustila Alice
"Was ist die Antwort?", wollte sie wissen
"Jaká je odpověď?" chtěla vědět
»Ich habe nicht die geringste Ahnung,« sagte der Hutmacher
"Nemám nejmenší tušení," řekl kloboučník

"Ich weiß es auch nicht!" sagte der Märzhase

"Ani já nevím," řekl zajíc pochodňový

Alice stieß einen müden Seufzer aus

Alenka si unaveně povzdechla

"Es gibt eine bessere Nutzung der Zeit als Rätsel ohne Antworten"

"Čas se dá využít lépe než hádanky bez odpovědí"

»Trinken Sie noch etwas Tee,« sagte der Märzhase sehr ernst zu Alice

"dejte si ještě trochu čaje," řekl zajíc březňák Alence velmi vážně

Alice war ziemlich beleidigt über das Angebot

Alice byla tou nabídkou docela uražena

»Ich habe noch keinen Tee getrunken,« erwiderte Alice

"Ještějsem nepila čaj," odpověděla Alenka

"Deshalb kann ich keinen Tee mehr trinken"

"proto si už nemůžu dát čaj"

»Du meinst, weniger Tee kannst du nicht haben«, sagte der Hutmacher

"Chcete říct, že nemůžete mít méně čaje," řekl kloboučník

"Es ist sehr einfach, mehr als nichts zu nehmen"

"Je velmi snadné vzít si více než nic"

Bei diesen Worten erhob sich Alice und ging fort

Na to Alenka vstala a odešla

Der Siebenschläfer schlief augenblicklich ein

Plch okamžitě usnul

und keiner der andern nahm die geringste Notiz davon, daß sie ging

a ani jeden z ostatních si jejího odchodu ani v nejmenším nevšiml

obwohl sie ein- oder zweimal zurückblickte

i když se jednou nebo dvakrát ohlédla

Sie versuchten, den Siebenschläfer in die Teekanne zu stecken

Pokoušeli se strčit plcha do konvice

"Jedenfalls werde ich nie wieder dorthin gehen!" sagte Alice

"V každém případě tam už nikdy nepůjdu!" řekla Alenka

Und sie ging ihren Weg durch den Wald
a kráčela lesem
"Das war die dümmste Teeparty, auf der ich je war"
"to byl ten nejhloupější čajový dýchánek, na kterém jsem kdy
byla"
Gerade als sie das sagte, bemerkte sie etwas
Právě když to řekla, všimla si něčeho
Einer der Bäume hatte eine Tür, die direkt hineinführte
Jeden ze stromů měl dveře, které vedly přímo dovnitř
»Das ist sehr interessant!« dachte sie
"To je velmi zajímavé!" pomyslela si
"Ich denke, ich kann genauso gut durch die Tür gehen"
"Myslím, že bych mohl jít do dveří."
Und durch die Tür ging sie
A ona prošla dveřmi
Wieder befand sie sich in der langen Halle
Znovu se ocitla v dlouhé síni
Wieder stand sie dicht an dem kleinen Glastisch
Opět stála blízko malého skleněného stolku
Sie nahm den kleinen goldenen Schlüssel
Vzala si malý zlatý klíč
und sie schloß die Tür auf, die in den Garten führte
a odemkla dveře, které vedly do zahrady
Dann machte sie sich daran, an dem Pilz zu knabbern
Pak se pustila do okusování houby
Sie hatte ein Stück des Pilzes in ihrer Tasche aufbewahrt
Kousek houby si nechala v kapse
Und schließlich war sie etwa einen Meter groß
a nakonec byla asi metr vysoká
dann ging sie den kleinen Korridor hinunter
Pak kráčela malou chodbičkou
**Und dann fand sie sich endlich in dem schönen Garten
wieder**
a pak se konečně ocitla v té krásné zahradě
**Und sie war zwischen den hellen Blumen und den kühlen
Springbrunnen**
a byla mezi jasnými květinami a chladnými fontánami

Der Krocketplatz der Königinnen

Královnin kroketový ground

Ein großer Rosenstrauch stand in der Nähe des Eingangs des Gartens

U vchodu do zahrady stál velký růžový keř

Die Rosen, die an dem Baum wuchsen, waren weiß

Růže rostoucí na stromě byly bílé

aber es waren drei Gärtner, die die Rose bemalten

ale byli tam tři zahradníci, kteří růži malovali

Sie waren damit beschäftigt, die Rosen rot zu färben

Pilně natírali růže na červeno

und Alice sah zu, wie sie die Rosen rot färbten

a Alenka se dívala, jak malují růže na červeno

und plötzlich fielen ihre Augen zufällig auf Alice

a náhle jejich oči náhodou padly na Alenku

Alice sprach ein wenig schüchtern

Alenka mluvila trochu ostýchavě

»Würden Sie es mir bitte sagen?«

"Mohl byste mi to říct, prosím."

"Warum malt ihr alle diese Rosen?"

"Proč všichni malujete ty růže?"

Fünf und Sieben sagten nichts, sondern sahen zwei an

Pětka a sedm neřekli nic, jen se podívali na dva

zwei Sprecher, mit leiser Stimme

dva mluvili, tichým hlasem

»Nun, die Sache ist die, sehen Sie, gnädige Frau.«

"Víte, skutečnost je taková, madam"

"Das hier hätte ein roter Rosenstrauch sein sollen"

"Tohle by měl být červený růžový keř"

"Und wir haben aus Versehen einen weißen Rosenstrauch hineingesetzt"

"a omylem jsme tam vložili bílý růžový keř"

"Wie Sie mir zustimmen würden, darf die Königin es nicht herausfinden"

"Jak jistě souhlasíte, královna se to nesmí dozvědět"

"Sonst würden wir uns allen die Köpfe abschneiden"

"Jinak by nám všem usekli hlavy"

"Sie sehen also, gnädige Frau, wir tun unser Bestes"
"Tak vidíte, madam, děláme, co je v našich silách."
Karte fünf hatte ängstlich über den Garten geschaut
Karta pět se úzkostlivě rozhlížela po zahradě
In diesem Augenblick rief die fünfte Karte: "Die Königin!
Die Königin!"
V tu chvíli karta pět volala: "Královna! Královna!"
und die drei Gärtner eilten augenblicklich davon
a tři zahradníci okamžitě odběhli pryč
und sie warfen sich flach auf ihre Gesichter
a vrhli se tváří k zemi
Man hörte das Geräusch vieler Schritte
Ozvalo se mnoho kroků
Alice sah sich um, begierig darauf, die Königin zu sehen
Alenka se rozhlédla kolem sebe, dychtivá spatřit královnu
Am Anfang des Zuges standen zehn Soldaten
Na začátku průvodu stálo deset vojáků
Ihre Hände und Füße waren in den Ecken
ruce a nohy měli v rozích
und in ihren Händen und Füßen waren Keulen
a v jejich rukou a nohou byly kyje
Als nächstes kamen die zehn Höflinge
Jako další přišlo deset dvořanů
die Höflinge waren über und über mit Diamanten
geschmückt
Dvořané byli po celém těle ozdobeni diamanty
Nach den Höflingen kamen die königlichen Kinder
Po dvořanech přišly královské děti
Es waren zehn der königlichen Kinder
Královských dětí bylo deset
und alle königlichen Kinder waren mit Herzen geschmückt
a všechny královské děti byly ozdobeny srdíčky
Dann kamen die Gäste; Meist Könige und Königinnen
Za nimi přišli hosté; většinou králové a královny
und unter den Königen und Königinnen sah Alice jemanden
a mezi králi a královnou viděla Alenka někoho
Sie sah wieder das weiße Kaninchen, das sie gejagt hatte

Znovu spatřila bílého králíka, kterého pronásledovala
Der Prozession folgte der Spitzbube der Herzen
Průvod šel za ním srdcový kluk
Er trug die Krone des Königs
nesl královskou korunu
und die Krone des Königs lag auf einem purpurnen Samtkissen
a královská koruna byla na karmínové sametové podušce
Und dann kam das Ende dieser großen Prozession
a pak přišel konec tohoto velkého průvodu
Und da waren am Ende der König und die Königin der Herzen
a tam na konci byli Král a Královna srdcí
der Zug kam Alice gegenüber
průvod šel proti Alence
Und alle blieben stehen und sahen sie an
a všichni se zastavili a podívali se na ni
Und die Königin sprach streng: "Wer ist das?"
a královna řekla přísně: "Kdo je to?"
Sie sagte es zum Herzknaben
Řekla to Srdcovému Klukovi
aber er verbeugte sich nur und lächelte als Antwort
ale on se jen uklonil a usmál se v odpověď
Alice sprach sehr höflich
Alenka mluvila velmi zdvořile
"Mein Name ist Alice, also bitte, Eure Majestät"
"Jmenuji se Alice, tak prosím Vaše Veličenstvo"
Aber sie hatte andere Gedanken für sich
ale měla pro sebe jiné myšlenky
"Es ist doch nur ein Kartenspiel!"
"Vždyť jsou to jen balíčky karet!"
»Kannst du Krocket spielen?« rief die Königin
"Umíte hrát kroket?" zvolala královna
Die Frage war offenbar an Alice gerichtet
Otázka byla zřejmě míněna Alence
"Ja!" sagte Alice laut
"Ano!" zvolala Alenka hlasitě

"Komm also spielen!" brüllte die Königin
"Tak pojďte hrát!" zařvala královna
sprach eine schüchterne Stimme zu Alice
ostýchavý hlas promluvil k Alence
"Es ist ein sehr schöner Tag!"
"Je to moc hezký den!"
Sie ging an dem weißen Kaninchen vorbei
Procházela se kolem bílého králíka
und das weiße Kaninchen guckte ihr ängstlich ins Gesicht
a Bílý Králík jí úzkostlivěpokujoval do tváře
»ein sehr schöner Tag,« bestätigte Alice
"to byl opravdu velmi pěkný den," potvrdila Alenka
»Wo ist die Herzogin?«
"Kde je vévodkyně?"
»Still! Still!" sagte das Kaninchen
"Pst! Pst!" řekl Králík
"Sie ist zum Tode verurteilt"
"Je pod trestem popravy"
»Wofür wird sie hingerichtet?« fragte Alice
"Za co je popravena?" zeptala se Alenka
"Sie hat der Königin die Ohren abgewetzt", begann das
Kaninchen
"Odřela královně uši," začal králík
schrie die Königin mit Donnerstimme
Královna vykřikla hromovým hlasem
"Ran an eure Plätze!"
"Jděte na svá místa!"
Und die Leute rannten in alle Richtungen herum
a lidé začali pobíhat na všechny strany
Und sie fielen alle aneinander
a všichni se zřítili jeden na druhého
Sie hatten sich jedoch in ein oder zwei Minuten beruhigt
Za minutu nebo dvě se však usadili
Und dann begann das Spiel
a pak začala hra
Alice hatte noch nie einen so merkwürdigen Krocketplatz
gesehen

Alenka ještě nikdy neviděla tak podivný kroketový trávník
Das Gras bestand nur aus Graten und Furchen
Tráva byla samá rýha a brázdy
Die Krocketbälle waren echte Igel
Kroketové koule byli skuteční ježci
und die Schlägel waren echte Flamingos
a ty palice byli skuteční plameňáci
und die Soldaten standen auf Händen und Füßen
a vojáci stáli na rukou i na nohou
weil die Bögen aus ihren Körpern gemacht wurden
protože oblouky byly vytvořeny z jejich těl
Die Spieler spielten alle gleichzeitig
Všichni hráči hráli najednou
Niemand wartete, bis er an der Reihe war
nikdo nečekal, až na něj přijde řada
und jeder stritt sich mit jedem
a každý se s každým hádal
und alle kämpften für die Igel
a všichni se prali o ježky
Bald geriet die Königin in eine wütende Leidenschaft
Brzy se královna rozzuřila v zuřivém rozmaru
Und sie fing an, herumzustampfen und zu schreien
a začala dupat a křičet
»Hacken Sie ihm den Kopf ab!«
"Useknout mu hlavu!"
"Hack ihr den Kopf ab!"
"Useknout jí hlavu!"
"Hackt ihnen alle Köpfe ab!"
"Useknout jim všechny hlavy!"
Wieder dachte Alice bei sich.
Alenka si opět pomyslila u sebe
"Sie lieben es schrecklich, hier Menschen zu enthaupten"
"Strašně rádi tady lidem stínají hlavy"
**"Das große Wunder ist, dass überhaupt noch jemand am
Leben ist!"**
"Největší div je, že vůbec někdo zůstal naživu!"
Sie sah sich nach einem Ausweg um

Rozhlížela se po nějakém úniku
Sie bemerkte eine merkwürdige Erscheinung in der Luft
Všimla si podivného úkazu ve vzduchu
»Es ist die Cheshire-Katze,« sagte sie zu sich selbst
"To je kočka Šklíba," řekla si pro sebe
"Jetzt habe ich jemanden, mit dem ich reden kann"
"teď budu mít s kým mluvit"
"Wie geht es dir?" fragte die Katze
"Jak se vám daří?" zeptala se kočka
»Ich glaube nicht, daß sie ganz und gar fair spielen«, sagte Alice
"Nemyslím si, že by vůbec hráli fér," řekla Alice
Und sie hatte einen ziemlich klagenden Ton
a měla poněkud stěžující si tón
"Sie streiten sich alle so fürchterlich"
"Všichni se tak strašně hádají"
"Man hört sich selbst nicht sprechen"
"člověk neslyší sám sebe mluvit"
"Und sie scheinen sich nicht an irgendwelche Regeln zu halten"
"a zdá se, že nehrají podle žádných pravidel"
die Katze stellte Alice mit leiser Stimme eine Frage
Kočka položila Alence otázku tichým hlasem
"Wie gefällt dir die Königin?"
"Jak se ti líbí královna?"
»Ich mag sie gar nicht,« sagte Alice
"Vůbec se mi nelíbí," řekla Alenka

Alice dachte, sie könnte genauso gut zurückgehen
Alice si pomyslila, že by se mohla rovnou vrátit zpět
Sie wollte sehen, wie das Spiel läuft
Chtěla vidět, jak hra probíhá
Sie machte sich auf die Suche nach ihrem Igel
Vydala se hledat svého ježka
Der Igel war damit beschäftigt, gegen einen anderen Igel zu kämpfen
Ježek byl zaneprázdněn bojem s jiným ježkem
Das war eine ausgezeichnete Gelegenheit
Byla to skvělá příležitost
Sie konnte einen Igel mit dem anderen krocketen
Dokázala odpálit jednoho ježka s druhým
Aber ihr Flamingo war auf der anderen Seite des Gartens
Ale její plameňák byl na druhé straně zahrady
Der Flamingo war ziemlich tollpatschig
Plameňák byl poněkud nemotorný

Ihr Flamingo versuchte, gegen einen Baum zu fliegen
Její plameňák se snažil vyletět na strom
Sie packte den Flamingo am Bein
Chytila plameňáka za nohu
Und sie schob sich den Flamingo unter den Arm
a zastrčila plameňáka pod paži
So konnte der Flamingo nicht mehr entkommen
Tak by plameňák nemohl znovu utéct
In diesem Augenblick traf Alice zufällig die Herzogin
V té chvíli se Alenka náhodou setkala s vévodkyní
Die Herzogin war nun aus dem Gefängnis entlassen worden
Vévodkyně byla nyní venku z vězení
Sie schob ihren Arm liebevoll unter Alices Arm
Láskyplně zastrčila svou paži pod Alenčinu paži
Und dann gingen sie zusammen fort
a pak spolu odešli
Alice war sehr froh, sie in so angenehmer Laune zu finden
Alenka byla velmi ráda, že ji nalezla v tak příjemné náladě
Sie erschrak jedoch ein wenig
Trochu se však polekala
Sie hörte die Stimme der Herzogin dicht an ihrem Ohr
Slyšela hlas vévodkyně blízko svého ucha
"Du denkst über etwas nach, meine Liebe"
"Přemýšlíš o něčem, má drahá"
"Und das lässt dich das Reden vergessen"
"A kvůli tomu zapomínáte mluvit"
»Das Spiel geht jetzt etwas besser«, sagte Alice
"Hra se teď vyvíjí o něco lépe," řekla Alice
Es war eine Möglichkeit, das Gespräch am Laufen zu halten
Byl to jeden ze způsobů, jak udržet konverzaci v chodu
»So ist es,« sagte die Herzogin
"je to opravdu tak," řekla vévodkyně.
"Und die Moral davon ist folgende."
"A z toho plyne toto ponaučení:
"Es ist die Liebe, die alles macht!"
"Je to láska, která to všechno dělá!"
"Liebe ist das, was die Welt bewegt"

"Láska je to, co hýbe světem"
Alice hatte eine andere Erklärung
Alenka měla jiné vysvětlení
"Das macht jeder, der sich um seine eigenen
Angelegenheiten kümmert!"
"Dělá to tak, že si každý hledí svého!"
»Ah, gut! Du könntest Recht haben"
"Ach, dobrá! Mohl byste mít pravdu."
»Es bedeutet alles ziemlich dasselbe,« sagte die Herzogin
"Všechno to znamená skoro totéž," řekla vévodkyně
und sie grub ihr spitzes kleines Kinn in Alices Schulter
a zaryla svou ostrou bradu do Alenčina ramene
"Und die Moral davon ist folgende"
"A z toho plyne toto ponaučení"
"Kümmere dich um die Sinne"
"Pečujte o smysl"
"Und dann erledigen sich die Klänge von selbst"
"A pak se zvuky postarají samy o sebe"
Aber dann fing der Arm der Herzogin an zu zittern
Ale pak se Vévodkynině začala třást ruka
Alice blickte auf und da stand die Königin
Alenka vzhlédla a tu stála královna
Die Königin hatte die Arme verschränkt
Královna měla složené ruce
Und sie runzelte die Stirn wie ein Gewitter!
a mračila se jako bouřka!
»Ich warne dich!« schrie die Königin
"Dávám vám upřímné varování," zvolala královna
Und sie stampfte auf den Boden, während sie sprach
a při těch slovech dupala po zemi
"Entweder dein Kopf oder ihr Kopf muss ausgeschaltet sein"
"Buď tvoje hlava, nebo její hlava musí být mimo"
"Treffen Sie Ihre Wahl!"
"Vyberte si!"
"Und beeilen Sie sich"
"a pospěšte si s tím"
Die Herzogin traf ihre Wahl

Vévodkyně si vybrala
und in einem Augenblick war die Herzogin verschwunden
a v okamžiku byla vévodkyně pryč
Da sprach die Königin zu Alice
Pak pravila královna k Alence
"Weiter geht's mit dem Spiel"
"Pokračujme ve hře"
Alice war zu erschrocken, um ein Wort zu sagen
Alenka byla příliš ustrašena, než aby řekla jediné slovo
und langsam folgte sie ihrem Rücken zum Krocketplatz
a pomalu ji následovala zpět na kroketový trávník
Die ganze Zeit stritt sich die Dame mit den anderen Spielern
Po celou dobu se královna hádala s ostatními hráči
»Hacken Sie ihm den Kopf ab!«
"Useknout mu hlavu!"
"Hack ihr den Kopf ab!"
"Useknout jí hlavu!"
"Hackt ihnen alle Köpfe ab!"
"Useknout jim všechny hlavy!"
Bald waren alle Spieler in Gewahrsam
Brzy byli všichni hráči ve vazbě
nur der König, die Königin und Alice blieben zurück
zůstali jen král, královna a Alenka
Da ging die Königin, ganz außer Atem
Pak královna odešla, celá udýchaná
und sie ging mit Alice fort
a odešla s Alicí
Alice hörte, wie der König leise etwas sagte
Alenka slyšela krále mlčky cosi říkat
"Ihr seid alle begnadigt"
"Všichni jste omilostněni"
aber plötzlich hörte man einen neuen Schrei
ale náhle se ozval další výkřik
"Der Prozess beginnt!"
"Soud začíná!"
und Alice lief mit den andern
a Alenka běžela s ostatními

Wer hat die Torten gestohlen?

Kdo ukradl koláče?

Der Herzkönig und die Herzkönigin saßen

Srdcový král a královna seděli

sie saßen auf ihrem Thron, als Alice ankam

Seděli již na svém trůnu, když Alenka dorazila

Eine große Menschenmenge war um sie herum versammelt

Shromáždil se kolem nich velký zástup

Es gab allerlei kleine Vögel und Bestien

Byly tam všelijaké malé ptačky a zvířata

Und da war das ganze Kartenspiel

a byl tam celý balíček karet

Der Spitzbube stand in Ketten vor ihnen

Ten Srdcový Kluk stál před nimi, v okovech

und auf jeder Seite war ein Soldat, der ihn bewachte

a po každé straně byl voják, který ho střežil

in der Nähe des Königs war das weiße Kaninchen

U krále byl bílý králík

Er hatte eine Trompete in der einen Hand

V jedné ruce držel trubku

Und in der andern Hand hielt er eine Pergamentrolle

a v druhé ruce držel svitek pergamenu

In der Mitte des Platzes stand ein Tisch

Úplně uprostřed nádvoří byl stůl

Auf dem Tisch stand eine große Schüssel mit Torten

Na stole byla velká mísa koláčů

**"Ich wünschte, sie würden den Prozess zu Ende bringen",
dachte Alice**

"Kéž by tu zkoušku dokončili," pomyslela si Alice

"Dann könnten wir etwas von diesen Erfrischungen essen!"

"Tak bychom si mohli dát něco z toho občerstvení!"

Der Richter war übrigens der König
Soudcem byl mimochodem král
und er trug seine Krone über seiner großen Perücke
a korunu měl na hlavě přes svou velkou paruku
»Das ist die Loge der Geschworenen!« dachte Alice
"To je lavice pro porotu," pomyslila si Alenka
"Und diese zwölf Geschöpfe, ich nehme an, sie sind die Geschworenen"
"a těch dvanáct tvorů, předpokládám, že jsou to porotci"
einige waren Tiere, andere waren Vögel
některá byla zvířata a některá byla ptáci
In diesem Augenblick schrie das weiße Kaninchen auf
V tu chvíli zvolal bílý králík
"Schweigen im Gericht!"
"Ticho na dvoře!"
»Herold, lesen Sie die Anklage!« sagte der König

"Herolde, přečtěte si obžalobu!" řekl král
Das weiße Kaninchen blies drei Stöße auf die Trompete
Bílý králík třikrát zatroubil na trubku
dann entrollte er die Pergamentrolle
Pak rozvinul pergamenový svitek
Und er las folgendes:
a četl toto:
"Die Königin der Herzen, sie hat ein paar Torten gebacken."
"Srdcová královna, udělala nějaké koláče,"
"All das tat sie an einem Sommertag"
"To vše dělala jednoho letního dne"
"Der Schurke der Herzen, er hat diese Torten gestohlen"
"Srdcový kluk, ukradl ty koláče"
"Und er hat diese Torten weit weg gebracht!"
"A ty koláče odnesl daleko!"
»Rufen Sie den ersten Zeugen,« sagte der König
"Zavolej prvního svědka," řekl král
und das weiße Kaninchen blies drei Stöße auf die Trompete
a Bílý králík třikrát zatroubil na polnici
»Bringt den ersten Zeugen!« rief er
"Přiveďte prvního svědka!" zvolal
Der erste Zeuge war der Hutmacher
Prvním svědkem byl kloboučník
Er kam mit einer Teetasse in der einen Hand herein
Přišel s šálkem čaje v jedné ruce
Und in der anderen Hand hatte er ein Stück Brot und Butter
a v druhé ruce měl kousek chleba s máslem
»Du hättest fertig sein sollen,« sagte der König
"Měl jste skončit," řekl král
"Wann hast du angefangen?"
"Kdy jsi začal?"
Der Hutmacher schaute sich den Märzhasen an
Kloboučník pohlédl na zajíce březňáka
Der Märzhase war ihm in den Hof gefolgt
Zajíc březňák ho následoval do dvora
Er war Arm in Arm mit dem Siebenschläfer gegangen
Kráčel ruku v ruce s plchem

»Ich glaube, es war der vierzehnte März«, sagte er

"Myslím, že to bylo čtrnáctého března," řekl

»Geben Sie Ihre Aussage,« sagte der König

"Vydejte své svědectví," řekl král

"Und sei nicht nervös, sonst lasse ich dich auf der Stelle hinrichten"

"a nebuď nervózní, nebo tě nechám na místě popravit"

Das schien den Zeugen überhaupt nicht zu ermutigen

Nezdálo se, že by to svědka nějak povzbudilo

Er rutschte immer wieder von einem Fuß auf den anderen

Neustále přešlapoval z jedné nohy na druhou

und er sah die Königin unruhig an

a pohlédl znepokojeně na královnu

und in seiner Verwirrung biß er ein großes Stück aus seiner Teetasse

a ve svém zmatku si ukousl velký kus ze svého šálku čaje

Eigentlich wollte er von seinem Brot und seiner Butter beißen

Opravdu chtěl ukousnout ze svého chleba s máslem

In diesem Augenblick fühlte Alice eine sehr merkwürdige Empfindung

V této chvíli pocítila Alenka velmi podivný pocit

Sie fing an, wieder größer zu werden

Začínala se opět zvětšovat

Der unglückliche Hutmacher ließ seine Teetasse fallen

Zubožený kloboučník upustil svůj šálek čaje

und das Brot und die Butter fielen zu Boden

a chléb s máslem padl na zem

und er fiel auf die Knie

I poklekl na jedno koleno

»Ich bin ein armer Mann, Eure Majestät,« begann er

"Jsem chudý člověk, Vaše Veličenstvo," začal

»Du bist ein sehr schlechter Redner,« sagte der König

"Jste velmi špatný řečník," řekl král

»Du darfst gehen,« sagte der König

"Můžeš jít," řekl král

und der Hutmacher verließ eilig den Hof

a kloboučník spěšně opustil dvůr
»Rufen Sie den nächsten Zeugen her!« sagte der König
"Zavolej dalšího svědka!" řekl král
Der nächste Zeuge war die Köchin der Herzogin
Dalším svědkem byla kuchařka vévodkyně
Sie trug die Pfefferdose in der Hand
V ruce nesla pepřenku
Und die Leute in der Nähe der Tür fingen auf einmal an zu niesen
a lidé u dveří najednou začali kýchat
»Geben Sie Ihre Aussage,« sagte der König
"Vydejte své svědectví," řekl král
»Ich will nichts beweisen,« sagte die Köchin
"Nebudu vypovídat," řekl kuchař
Der König sah das weiße Kaninchen ängstlich an
Král úzkostlivě pohlédl na bílého králíka
Und das weiße Kaninchen sprach mit leiser Stimme
a Bílý Králík promluvil tichým hlasem
"Eure Majestät müssen diesen Zeugen ins Kreuzverhör nehmen"
"Vaše Veličenstvo musí tohoto svědka podrobit křížovému výslechu"
»Nun, wenn ich muß, so muß ich,« sagte der König
"No, když musím, tak musím," řekl král
"Woraus bestehen Torten?"
"Z čeho se vyrábějí koláče?"
»Torten werden meistens aus Pfeffer gemacht«, sagte die Köchin
"Koláče se většinou vyrábějí z pepře," řekl kuchař
Einige Minuten lang war der ganze Hof in Verwirrung
Po několik minut byl celý dvůr ve zmatku
Schließlich ließen sie sich alle wieder nieder
Nakonec se všichni zase uklidnili
Aber da war die Köchin schon verschwunden
ale to už kuchařka zmizela
»Macht nichts!« sagte der König
"To nevadí!" řekl král

"Rufen Sie den nächsten Zeugen in den Zeugenstand"
"Předvolejte dalšího svědka"
Alice beobachtete das weiße Kaninchen, wie es an der Liste herumfummelte
Alenka se dívala na bílého králíka, jak tápavě procházel seznamem
Sie können sich vorstellen, wie überrascht sie war, als sie das hörte, was sie als nächstes hörte
Dokážete si představit její překvapení z toho, co slyšela vzápětí
Mit lauter schriller kleiner Stimme rief er den Namen »Alice!«
z plna hrdla svého pronikavého hlásku zavolal jméno "Alice!"

Alices Beweise
Alenčina výpověď

»Hier!« rief Alice
"Zde!" zvolala Alenka
Sie sprang in großer Eile auf
Vyskočila ve velkém spěchu
und sie kippte die Geschworenenloge um
a převrhla lavici porotců
und sie warf alle Geschworenen um
a porazila všechny porotce
und sie fielen auf die Köpfe der Menge unten
a padli na hlavy zástupu dole
Alice war in großer Bestürzung
Alenka byla velmi zděšena
»Oh, ich bitte um Verzeihung!« rief sie aus
"Ach, prosím za odpuštění!" zvolala
»Der Prozeß kann nicht fortgesetzt werden,« sagte der König
"Proces nemůže pokračovat," řekl král
"Die Geschworenen müssen wieder an ihre angestammten Plätze zurückkehren"
"Porotci se musí vrátit na svá místa"
Er wiederholte den Befehl mit großem Nachdruck
Příkaz zopakoval s velkým důrazem
und er sah Alice streng an
a pohlédl přísně na Alenku
"Was weißt du über diese Ereignisse?" fragte der König Alice
"Co vy víte o těchto událostech?" zeptal se král Alenky
»Ich weiß nichts von der Sache,« sagte Alice
"O tom nic nevím," řekla Alenka
Dann las der König aus seinem Buch vor
Král pak četl ze své knihy
"Regel zweiundvierzig"
"Pravidlo čtyřicet druhé"
"Alle Personen, die mehr als eine Meile hoch sind, sollen das Gericht verlassen"
"Všechny osoby vyšší než jednu míli musí opustit soudní síň"

»Ich bin keine Meile hoch,« sagte Alice
"Nejsem ani míli vysoká," řekla Alenka
»Fast zwei Meilen hoch,« sagte die Königin
"Skoro dvě míle vysoko," řekla královna

»Nun, ich weigere mich zu gehen,« sagte Alice
"Nu, já odmítám jít," řekla Alenka
Der König erbleichte
Král zbledl
und er schloß hastig sein Notizbuch
a spěšně zavřel svůj zápisník
»**Überlegen Sie sich Ihr Urteil**«, sagte er zu den
Geschworenen
"Zvažte svůj verdikt," řekl porotě
Er sprach mit leiser, zitternder Stimme
Mluvil tichým, chvějícím se hlasem

Da sprach das weiße Kaninchen
Pak promluvil Bílý Králík
"Es werden noch mehr Beweise kommen"
"Ještě přijdou další důkazy"
und er sprang in großer Eile auf
a vyskočil ve velkém spěchu
"Dieses Papier wurde gerade abgeholt"
"Tento článek byl právě vyzvednut"
"Es scheint ein Brief des Gefangenen zu sein"
"Zdá se, že je to dopis napsaný vězněm"
Er faltete das Papier auseinander, während er sprach
Při těch slovech rozložil papír
"Es ist doch kein Brief"
"Koneckonců to není dopis"
"Was es war, war eine Reihe von Versen"
"What It Was byl soubor veršů"
»Bitte, Eure Majestät,« sagte der Spitzbube
"Prosím, Vaše Veličenstvo," řekl Srdcový Kluk
"Ich habe diese Verse nicht geschrieben"
"Já jsem ty verše nenapsal"
"und sie können nicht beweisen, dass ich etwas geschrieben habe"
"a nemohou dokázat, že jsem něco napsal"
"Am Ende ist kein Name unterschrieben"
"Na konci není podepsáno žádné jméno"
Der König sprach mit dem Spitzbuben
Král mluvil k Klukovi
"Du musst vorgehabt haben, Unheil anzurichten"
"Musel jsi mít v úmyslu způsobit nějakou neplechu."
"Sonst hättest du wie ein ehrlicher Mann unterschrieben"
"Jinak byste se podepsal jako čestný muž"
Es gab ein allgemeines Händeklatschen
Ozval se všeobecný potlesk
Und der König wandte sich an das weiße Kaninchen
Král se obrátil k Bílému Králíkovi
»Lest die Verse!« befahl er.
"Přečtěte si ty verše," nařídil

Es herrschte Totenstille im Gerichtssaal
V soudní síni bylo hrobové ticho
und das weiße Kaninchen las die Verse vor
a Bílý Králík předčítal verše
Sie sagten mir, du wärst bei ihr gewesen
Řekli mi, že jste u ní byl
Und sie erwähnten mich ihm gegenüber
A zmínili se mu o mně
Sie gab mir einen guten Charakter
Dala mi dobrý charakter
Aber sie sagte, ich könne nicht schwimmen
Ale ona řekla, že neumím plavat
Er ließ ihnen wissen, dass ich nicht gegangen sei
Poslal jim zprávu, že jsem neodešel
Wir wissen, dass es wahr ist
Víme, že je to pravda
Wenn sie die Sache vorantreiben sollte, was würde aus dir werden?
Kdyby tu záležitost protlačila, co by se stalo s vámi?
Ich gab ihr einen, sie gaben ihm zwei
Dal jsem jí jednu, on dal dvě
Du hast uns drei oder mehr gegeben
Dal jsi nám tři nebo více
Sie sind alle von ihm zu dir zurückgekehrt
Všichni se od něho vrátili k tobě
obwohl sie vorher meine waren
i když předtím byly moje
Wenn ich oder sie die Chance haben sollte,
Kdybych já nebo ona náhodou byli
Wenn ich oder sie in diese Affäre verwickelt wäre
Pokud bych já nebo ona byli do této záležitosti zapojeni
Er vertraut auf dich, dass du sie befreien wirst
Důvěřuje vám, že je osvobodíte
Genau so wie wir waren
Přesně takoví, jací jsme byli my
Ich hatte den Eindruck, dass Sie
Moje představa byla, že jste byl

Bevor sie diesen Anfall hatte
Než dostala tenhle záchvat
Ein Hindernis, das dazwischen kam
Překážka, která přišla mezi
Er und wir und es
Jeho, a nás, a to
Lass ihn nicht wissen, dass sie ihr am besten gefallen haben
Nedejte mu najevo, že se jí líbily nejvíc
Denn dies muss für immer ein Geheimnis bleiben, das vor allen anderen verborgen bleibt
Neboť to musí být navždy tajemstvím, utajeným přede všemi ostatními
Dieses Geheimnis muss ein Geheimnis zwischen dir und mir bleiben
Toto tajemství musí zůstat tajemstvím mezi vámi a mnou
Der König war sehr beeindruckt
Na krále to udělalo velký dojem
"Das ist das wichtigste Beweisstück, das wir bisher gehört haben"
"To je nejdůležitější důkaz, který jsme zatím slyšeli"
»Ich glaube nicht, daß diese Verse auch nur ein Atom Bedeutung haben,« wandte Alice ein
"Nevěřím, že ty verše v sobě nesou ani špetku významu," namítla Alenka
der König hatte seine eigene Meinung zu dieser Angelegenheit
král měl na věc svůj vlastní názor
"Wenn diese Worte keinen Sinn haben, erspart das eine Menge Ärger"
"Pokud v těchto slovech není žádný význam, ušetří to svět problémů"
"Dann brauchen wir nicht zu versuchen, den Sinn zu finden"
"Pak se nemusíme pokoušet najít smysl"
"Lassen Sie die Geschworenen über ihr Urteil nachdenken"
"Nechť porota zváží svůj verdikt"
»Nein, nein!« sagte die Königin

"Ne, ne!" řekla královna
"Erst die Verurteilung, dann das Urteil"
"Nejprve rozsudek – poté rozsudek"
"Zeug und Unsinn!" sagte Alice laut
"Nesmysly a nesmysly!" řekla Alenka hlasitě
"Wie dumm ist es, den Angeklagten zuerst zu verurteilen!"
"Jak hloupé je odsoudit obžalovaného jako prvního!"

»Schweige!« sagte die Königin und färbte sich violett an
"Mlčte!" řekla královna a zbrunátněla
"Ich werde nicht den Mund halten!" sagte Alice
"Nebudu držet jazyk za zuby!" řekla Alenka
schrie die Königin aus voller Kehle
Vykřikla královna z plna hrdla
"Hack ihr den Kopf ab!"
"Useknout jí hlavu!"

Niemand machte eine Bewegung
Nikdo neudělal ani pohyb
"Wen kümmert es, was du sagst?" sagte Alice
"Koho zajímá, co říkáte?" řekla Alenka
Zu diesem Zeitpunkt war sie bereits zu ihrer vollen Größe herangewachsen
V té době už vyrostla do své plné velikosti
"Du bist nichts als ein Kartenspiel!"
"Nejsi nic jiného než balíček karet!"
Bei diesen Worten hoben sich alle Karten in die Luft
Na to se všechny karty zvedly do vzduchu
und alle Karten flogen auf sie herab
a všechny karty se na ni snesly
Sie stieß einen kleinen Schrei aus
Trochu vykřikla
Sie war halb erschrocken, aber auch wütend
Napůl se bála, ale také zlobila
Und sie versuchte, sich gegen die Karten zu wehren
a snažila se ze sebe sehnat karty
Und dann fand sie sich auf der Grasbank liegend
a pak zjistila, že leží na břehu trávy
Ihr Kopf lag im Schoß ihrer Schwester
Hlavu měla v klíně své sestry
Einige abgestorbene Blätter waren auf ihrem Gesicht gelandet
Na tváři jí přistálo několik mrtvých listů
und ihre Schwester wischte vorsichtig die Blätter weg
a její sestra jemně odčesávala listí
»Wach auf, liebe Alice!« sagte die Schwester
"Probuď se, Alice, drahá!" řekla její sestra
"Was für einen langen Schlaf hast du gehabt!"
"Jaký jsi spal!"
"Oh, ich habe so einen merkwürdigen Traum gehabt!" sagte Alice
"Ó, měla jsem takový divný sen!" řekla Alenka
Und sie erzählte ihrer Schwester alles, woran sie sich erinnern konnte

A řekla své sestře všechno, co si pamatovala
**all die seltsamen Abenteuer, von denen Sie gerade gelesen
haben**
Všechna ta podivná dobrodružství, o kterých jste právě četli
Alice stand auf und rannte davon
Alenka vstala a utekla
Und während sie lief, dachte sie an ihren Traum
a zatímco běžela, přemýšlela o svém snu
"Was für ein wunderbarer Traum das gewesen war!"
"Jaký to byl nádherný sen!"

www.ingramcontent.com/pod-product-compliance
Lightning Source LLC
Chambersburg PA
CBHW011046190726
48290CB00011B/3019